BASTEI
LÜBBE

Taschenbücher von ROBERT ASPRIN
im BASTEI-LÜBBE-Programm:

20 084 Ein Dämon auf Abwegen
20 085 Ein Dämon kommt selten allein
20 086 Ein Dämon macht noch keinen Sommer
20 109 Dämonen-Futter
20 110 Ein Dämon mit beschränkter Haftung
20 137 Ein Dämon für alle Fälle
20 144 Ein Dämon dreht durch

Geschichten aus der Diebeswelt
20 089 Die Diebe aus Freistatt
20 091 Der blaue Stern
20 093 Zum wilden Einhorn
20 095 Die Rache der Wache
20 098 Die Götter von Freistatt
20 101 Verrat in Freistatt
20 107 Krieg der Diebe
20 113 Hexennacht
20 122 Sturm über Freistatt
20 140 Armeen der Nacht
20 149 Die Farbe des Zaubers

Robert Asprin

Ein Dämon kommt selten allein

Fantasy-Roman

BASTEI
LÜBBE

BASTEI-LÜBBE-TASCHENBUCH
Fantasy
Band 20 085

Erste Auflage: September 1986
Zweite Auflage: September 1988
Dritte Auflage: September 1990

Deutsche Lizenzausgabe 1986
Bastei-Verlag Gustav H. Lübbe GmbH & Co., Bergisch Gladbach
Originaltitel: Hit or Myth
In Deutsche übertragen von Ralph Tegtmeier
Titelillustration: Tim Hildebrandt
Umschlaggestaltung: Quadro Grafik, Bensberg
Druck und Verarbeitung:
Brodard & Taupin, La Fléche, Frankreich
Printed in France
ISBN 3-404-20085-3

Der Preis dieses Bandes versteht sich einschließlich
der gesetzlichen Mehrwertsteuer.

I

»Für Verwandte spricht ja einiges … aber man kann es nur mündlich verbreiten – weil es sich unmöglich drucken läßt!«

Albert Einstein

Wenn ich nicht so sehr in Gedanken versunken gewesen wäre, als ich an jenem Tag in meine Gemächer schritt, hätte es mich vielleicht auch nicht so unverhofft erwischt. Aber wer rechnet schon damit, gerade dann magisch angegriffen zu werden, wenn er sein Zimmer betritt?

Schon gut, schon gut! Sicher, ich bin zwar der Hofzauberer von Possiltum, und in letzter Zeit habe ich mir auch einen gewissen Ruf erworben, aber es sollte doch wohl trotzdem möglich sein, daß ich mein Zimmer betreten kann, ohne gleich angesprungen zu werden! Ich meine, wenn ein Magiker nicht mal in seinen eigenen Gemächern in Sicherheit sein kann, wo denn wohl sonst?

Streichen Sie diese Frage!

Sie gehört nämlich zu der Sorte, mit der mein Ausbilder versucht, mich davon zu überzeugen, daß eine magische Karriere die Lebenserwartung nicht unbedingt steigert. Nicht daß es da bei mir großer Überzeugungsarbeit bedürfte. Taten sind lauter als Worte, und das, was ich seit Antritt meiner Zauberlehre unter der Anleitung meines Mentors an Taten habe vollbringen und erleben müssen, war laut genug, um mich davon zu überzeugen, daß das

Leben eines Magikers nicht besonders friedlich ist. Ich meine, wenn man bedenkt, daß wir nur wenige Tage, nachdem wir uns begegnet sind, beide von einem wütenden Mob gelyncht wurden ... regelrecht am Hals aufgeknüpft ...

Aber ich schweife ab.

Es fing also damit an, daß ich ganz harmlos in mein Zimmer trat. Ganz harmlos, haha! Dort erwartete mich ein Dämon, ein Perfekter, um genau zu sein. Das war an sich noch nichts Ungewöhnliches. Aahz, mein Ausbilder, den ich vorhin erwähnte, ist ebenfalls ein Perfekter. Genau genommen teilt er sich mit mir sogar die Unterkunft. Das Ungewöhnliche war vielmehr, daß der Dämon, der mich jetzt dort erwartete, nicht Aahz war!

Nun bin ich noch nicht vielen Perfektern begegnet ... Quatsch, Aahz ist der einzige, den ich kenne ... aber Aahz kenne ich sehr gut, und dieser Perfekter hier war eindeutig *nicht* Aahz!

Dieser Dämon war kleiner als mein Mentor, seine Schuppen waren von einem etwas helleren Grün, und seine goldenen Augen standen enger zusammen. Darüber hinaus lächelte er nicht ... Aahz lächelt immer, sogar wenn er wütend ist ... *ganz besonders* dann, wenn er wütend ist. Ein ungeübter Beobachter hätte Aahz und diesen Fremden vielleicht nicht auseinander halten können, aber für mich waren sie so unterschiedlich wie ein Täufler und ein Imp. Natürlich hatte es auch Zeiten gegeben, da ich einen Täufler nicht von einem Imp hätte unterscheiden können. Das sagt wohl einiges aus über die Gesellschaft, in der ich mich in letzter Zeit befinde.

»Wer bist du?« fragte ich.

»Du Skeeve?«

»Hm, ja. Ich Skeeve. Wer du?«

Die Antwort bestand darin, daß ich plötzlich von einer unsichtbaren Hand gepackt, herumgewirbelt und auf den Kopf gestellt wurde, bis ich schließlich mit herabbaumelndem Schädel vier Fuß über dem Boden hängen blieb.

»Werd bloß nicht zickig, Dumpfbacke. Ich habe gehört, daß du einen Verwandten von mir in einer Art Bann hältst. Ich will ihn zurückhaben, kapiert?«

Er unterstrich seine Worte dadurch, daß er mich herabließ, bis ich nur noch wenige Zoll vom Boden entfernt war, um mir dann mit Hilfe dieses Bodens eine harte Kopfnuß zu verpassen.

Ich bin vielleicht nicht gerade der beste Magiker aller Zeiten, aber ich wußte immerhin, was er da machte. Er benutzte seine geistige Kraft, um mich durch den Raum levitieren zu lassen. Das habe ich gelegentlich selbst schon mit kleineren Gegenständen getan. Natürlich fiel mir auch ein, daß ich nicht unbedingt ein kleinerer Gegenstand war, und daß ich es hier mit jemandem zu tun hatte, der in den magischen Künsten etwas versierter sein mußte als ich. Deshalb hielt ich es für angebracht, mein Temperament zu zügeln und meine guten Manieren zu zeigen.

»Du kennst Aahz?«

»Und ob. Und ich will ihn wiederhaben.«

Letzteres wurde von einer erneuten Kopfnuß begleitet. So viel zum Thema: Ruhe bewahren.

»Dann solltest du ihn gut genug kennen, um zu wissen, daß niemand ihn gegen seinen Willen festhalten kann.«

Mein Kopf schoß wieder dem Boden entgegen, doch diesmal kam er kurz vor dem Ziel zum Stillstand. Trotz meiner ungünstigen Position konnte ich sehen, wie sich der Dämon nachdenklich übers Kinn strich.

»Das stimmt«, murmelte er. »Also gut ...«

Ich wurde wieder in die Aufrechtlage levitiert.

»... dann fangen wir mal am Anfang an. Wo ist Aahz und was hält ihn in dieser Hinterhofdimension auf?«

»Ich glaube, ich kann besser denken *und* reden, wenn meine Füße auf dem Boden stehen.«

»Hmmm? Oh, Verzeihung!«

Ich durfte wieder eine normale Stellung einnehmen. Nun, da ich mich aus eigener Kraft aufrechthielt, bemerkte ich, daß mir das Verhör gräßliche Kopfschmerzen eingebracht hatte.

»Er ist hinten in der Unterkunft von General Badaxe und debattiert mit ihm über militärtaktische Probleme«, brachte ich hervor. »Es war so langweilig, daß ich wieder gegangen und hierher gekommen bin. Er müßte eigentlich auch bald da sein. Als ich ging, war der Wein fast leer.«

»Taktik und Wein, eh?« Mein Besucher schnitt eine Grimasse. »Das hört sich wirklich ganz nach Aahz an. Und sonst? Warum bleibt er in einer derart abgelegenen Dimension wie Klah, mitten im Nirgendwo? Und wie kommt es, daß er mit dem Großen Skeeve zu tun hat?«

»Du hast von mir gehört?«

»Hier und da in den Dimensionen«, gab der Dämon zu. »In manchen Kreisen hält man dich für ein ziemlich heißes Bürschchen. Deshalb habe ich mich auch gefragt, ob du Aahz irgendwie gefangengenommen hast oder so. Als du hier hereinkamst, war ich auf einen königlichen Kampf gefaßt.«

»Na ja, *so* gut bin ich nun auch wieder nicht«, gestand ich ihm. »Ich habe erst in den letzten zwei Jahren unter Aahz' Anleitung angefangen, Fortschritte zu machen. Wenn er nicht seine Kräfte verloren und mich als Lehrling angenommen hätte, wäre ich noch immer ein völliges Nichts.«

»Hallöchen!« machte mein Besucher und hob eine Hand. »Ich glaube, gerade hast du alles aufgeklärt. Aahz hat seine Kräfte eingebüßt und sich einen neuen Lehrling zugelegt! Kein Wunder, daß er schon ein Weilchen nicht mehr nach Hause gekommen ist. Und dieses ganze Gerede vom Großen Skeeve ist nichts als die typische Schau, die Aahz als Manager eines jungen Talents abzieht, stimmt's?«

»Na ja, ein *paar* knifflige Aufgaben haben wir schon erledigt«, wehrte ich ab.

»Wobei Aahz die Choreographie übernommen und dafür gesorgt hat, daß du den ganzen Ruhm einheimst. Stimmt's?«

»Was ist ›Choreographie‹?« fragte ich. Offensichtlich ging die Familienähnlichkeit der beiden tiefer als ein paar Schuppen.

»Na, ich will hoffen, daß du auch allein zurechtkommst, Skeeve, weil ich deinen Mentor nämlich nach Perv zurückbringen werde.«

»Aber vor mir brauchst du ihn doch gar nicht zu retten!« protestierte ich. »Er ist doch völlig frei und kann kommen und gehen, wann er will.«

»Ich rette ihn auch nicht vor dir, ich rette ihn vor sich selbst. Unser Kollege hat ein völlig überzogenes Verantwortungsgefühl, das nicht immer mit seinen ureigenen Interessen einhergeht. Weißt du, was für eine lukrative Praxis er in Perv gerade vor die Hunde gehen läßt, während er hier mit dir herumhampelt?«

»Nein«, gab ich zu.

»Na ja, jedenfalls verliert er jeden Tag, den er weg ist, Geld ... und das bedeutet, daß die Familie Geld verliert.«

Da gab ich das Diskutieren auf. Ich hatte schon früh während meiner Bekanntschaft mit Aahz gelernt, wie zwecklos es war, zu versuchen, einem Perfekter Gelddinge auszureden. Die Tatsache, daß Aahz dazu bereit war, ein regelmäßiges Einkommen aufzugeben, um mit mir zu arbeiten, stellte einen unglaublichen Tribut an unsere Freundschaft dar ... oder an sein Verantwortungsgefühl. Natürlich gibt es immer verschiedene Möglichkeiten, in einem Streitgespräch die Oberhand zu gewinnen.

»Na ja, wie ich schon sagte«, meinte ich unschuldig, »ich kann ihn hier nicht festhalten. Wenn du ihn davon überzeugen kannst, daß er hier nicht mehr gebraucht wird ...«

»So haben wir nicht gewettet, du Penner«, höhnte der Dämon. »Wir wissen beide, daß wir ihn nicht dazu bringen werden, seinen Lehrling im Stich zu lassen. Ich werde ihn mit einer ganz frechen Lüge nach Perv zurücklocken. Und du wirst dabei deine Klappe halten.«

»Aber ...«

»... denn wenn du das nicht tun solltest, sorge ich dafür, daß nichts mehr übrig bleibt, was ihn in Klah noch festhalten könnte ... und damit meine ich *dich!* Und bevor du auf den Gedanken kommst, es bei mir mit Magik zu versuchen, solltest du dir etwas merken: *Du* hast gerade zwei Jahre unter Aahz Magik studiert. *Ich* dagegen habe nach dreihundertjähriger Lehrzeit meinen Abschluß in Magik gemacht. Im Augenblick bin ich bereit, mich an das Prinzip von ›leben und leben lassen‹ zu halten. Mit dem, was du bisher gelernt hast, solltest du dazu in der Lage sein, dir deinen Lebensunterhalt zu verdienen und dir dabei vielleicht sogar noch den einen oder anderen Trick anzueignen. *Falls* du dich mir allerdings in den Weg stellen solltest, wird von dir nicht mal mehr genug übrigbleiben, um es mit einem Schwamm aufzuwischen. Ich hoffe, wir verstehen uns?«

Plötzlich begriff ich, warum niemand in all den Dimensionen, in denen wir herumgekrochen waren, sich mit einem Perfekter anlegen wollte. Ich bemerkte außerdem, daß gerade jemand hinter mir in den Raum getreten war.

»Rupert!«

»Onkel Aahz!«

Die beiden schlugen einander auf den Rücken. Ich ließ ihnen reichlich Platz dazu.

»He, Junge, das hier ist mein Neffe Rupert ... aber ich sehe, daß ihr euch schon vorgestellt habt.«

»Leider«, grollte ich.

Das brachte mir einen finsteren Blick Ruperts ein, doch Aahz bemerkte es nicht.

»Was führt dich denn nach Klah, Neffe? Liegt doch ein bißchen abseits deiner normalen Jagdreviere, nicht?«

»Es geht um Paps. Er will dich sehen.«

»Tut mir leid.« Plötzlich war Aahz wieder ganz der Alte. »Ich habe hier zuviele Eisen im Feuer, um mich in irgendeinen Familienknatsch hineinziehen zu lassen.«

»Aber er liegt im Sterben.«

Das ließ Aahz einen Augenblick innehalten.

»Mein Bruder? Unsinn! Der ist viel zu zäh, den bringt nichts um. Der könnte selbst mich in einem unfairen Kampf schlagen.«

»Er hat sich mit Mami angelegt.«

Ein besorgter Ausdruck veränderte Aahz' Miene. Ich sah, daß er innerlich anfing zu schwanken.

»So ernst ist es, eh? Aber ich weiß nicht. Ich meine, wenn er wirklich im Sterben liegen sollte, kann ich ihm schließlich auch nicht mehr helfen.«

»Es wird nicht sehr lange dauern«, drängte ihn Rupert. »Er hat irgend etwas über sein Testament gesagt.«

Ich stieß ein stummes Stöhnen aus. *Darauf* konnte man

sich verlassen, daß ein Perfekter die Schwächen eines Perfekters kannte!

»Na ja, ich schätze, meine Geschäfte hier können auch ein paar Tage warten«, erklärte Aahz mit geheucheltem Zögern. »Mach keinen Ärger und halt dich aus Schwierigkeiten raus, Jungchen. Ich bin so schnell zurück, wie es geht.«

»Gehen wir«, meinte Rupert und verbarg sein triumphierendes Grinsen. »Je schneller wir in Perv sind, desto früher kannst du zurück.«

»Aber Aahz ...«

»Ja, Junge?«

Ich sah, wie sich Ruperts Augenbrauen düster zusammenzogen.

»Ich ... ich wollte bloß ›auf Wiedersehen‹ sagen.«

»He, Junge, nun mach doch nicht gleich einen Staatsakt daraus! Ist ja nicht so, als würde ich für alle Zeiten verschwinden.«

Bevor ich etwas erwidern konnte, legte Rupert einen Arm um Aahz' Schulter, und die beiden verschwanden vor meinen Augen.

Weg.

Irgendwie konnte ich mich nicht überwinden, es zu glauben. Mein Ausbilder war einfach weggeholt worden ... für immer. Was immer ich von Aahz gelernt hatte, würde nun genügen müssen, weil ich jetzt nämlich völlig auf mich selbst gestellt war.

Dann hörte ich, wie es an meiner Tür klopfte.

II

»Immer, wenn die Dinge schrecklich finster aussehen, sage ich mir: ›Kopf hoch, alter Junge, es kann nur noch schlimmer kommen!‹ Und tatsächlich, es kommt wirklich nur noch schlimmer!«

Skeeve

Ich beschloß, als Hofzauberer von Possiltum, daß meine Antwort huldvoll ausfallen sollte.

»Hau ab!«

Das *war* huldvoll. Wenn Sie wüßten, was ich in diesem Augenblick wirklich dachte, würden Sie mir das glauben. Bisher hatten mich nur sehr wenige Leute in meinen Gemächern besucht, und im Augenblick wollte ich keinen von ihnen sehen.

»Wißt Ihr, mit wem Ihr da sprecht?« ertönte eine gedämpfte Stimme hinter der Tür.

»Nein! Und es ist mir auch völlig egal! Hau ab!«

»Hier ist Rodrick der Fünfte. Euer König!«

Das ließ mich innehalten. Wut hin, Wut her, dieser Titel gehörte immerhin dem Mann, der mein Gehalt festsetzte und bezahlte. Wie ich schon sagte: *ein paar* Dinge habe ich von Aahz durchaus gelernt.

»Wißt Ihr, mit wem *Ihr* da sprecht?« rief ich zurück und hoffte.

Einen Augenblick herrschte Stille.

»Ich nehme an, daß ich mit Skeeve dem Großen, dem

Hofzauberer von Possiltum spreche. Jedenfalls wird er es sein, den mein Zorn treffen wird, falls man mich noch länger vor seinen Gemächern warten läßt.«

Soviel zur Hoffnung. Diese Sachen klappen im wirklichen Leben nie so, wie sie in Witzen gelingen.

Mit höchst unwürdiger Hast jagte ich zur Tür, hieb gegen den Knauf und riß sie auf.

»Guten Nachmittag, Sire Magiker. Darf ich eintreten?«

»Aber gewiß doch, Euer Majestät«, sagte ich und wich ein Stück beiseite. »Ein Fünftel habe ich noch nie ausgeschlagen.«

Der König legte die Stirn in Falten.

»Soll das ein Witz sein? Wenn ja, ist mir die Pointe entgangen.«

»Mir auch«, gab ich gefaßt zu, »es ist etwas, das mein Lehrling Aahz immer sagt.«

»Ach ja. Euer Lehrling. Ist er da?«

Rodrick rauschte majestätisch ins Zimmer und spähte neugierig in alle Ecken, als erwarte er, daß Aahz jeden Augenblick hinter einer der Wände hervorspringen würde.

»Nein. Er ist ... ausgegangen.«

»Gut. Ich hatte gehofft, allein mit Euch sprechen zu können. Hmmm ... diese Gemächer sind wirklich sehr geräumig. Ich kann mich gar nicht erinnern, schon einmal hier gewesen zu sein.«

Das war eine Untertreibung. Nicht nur, daß der König nie meine Unterkunft in seinem Palast aufgesucht hatte, ich konnte mich auch nicht daran erinnern, ihn jemals anderswo als auf seinem Thron oder in dessen unmittelbarer Nähe gesehen zu haben.

»Euer Majestät haben mir noch nie die Ehre Eures Besuchs erwiesen, seit Majestät mich bei Hofe eingestellt haben«, erwiderte ich.

»Oh. Deshalb kann ich mich wohl auch nicht mehr daran erinnern, hier gewesen zu sein«, entgegnete Rodrick lahm.

Das war an sich schon recht seltsam. Normalerweise war der König ziemlich schlagfertig und nie um eine Antwort verlegen. Tatsächlich erschien mir dieser königliche Besuch in meinen Privatgemächern immer seltsamer, je mehr ich darüber nachdachte. Trotz meiner Verzweiflung angesichts Aahz' unvorhergesehener und wahrscheinlich endgültiger Abreise, begann meine Neugierde sich zu regen.

»Darf ich den Grund für diese angenehme, wenngleich auch etwas unverhoffte Audienz erfahren?«

»Na ja ...«, fing der König an und warf noch einmal einen Blick durchs Zimmer. »Seid Ihr ganz sicher, daß Euer Lehrling nicht anwesend ist?«

»Völlig sicher. Er ... ich habe ihn in Urlaub geschickt.«

»In Urlaub?«

»Ja. Er hat in letzter Zeit schrecklich angestrengt studiert.«

Der König legte die Stirn in Falten.

»Ich kann mich gar nicht erinnern, ein Urlaubsgesuch genehmigt zu haben.«

Einen Augenblick glaubte ich schon, daß ich in die Fallgrube meiner eigenen Täuschungsmanöver gestürzt sei. Doch dann fiel mir wieder ein, daß Aahz mir nicht nur einige interdimensionale Sprachen beigebracht hatte, er hatte mich auch gelehrt, mich auf »Bürokratisch« auszudrücken.

»Ich war nicht der Meinung, daß es dazu Eurer Genehmigung bedürfte«, sagte ich hochnäsig. »Juristisch betrachtet untersteht mein Lehrling nicht Eurer Majestät. Ich bezahle ihn nämlich von *meinem* Sold, was ihn zu meinem Angestellten macht, der folglich auch meinen Urlaubsregelungen unterliegt ... wie auch *meiner* eventuellen Kündigung. Wiewohl er, wie jeder Untertan Possiltums, selbstverständlich Eurer Gesetzgebung untersteht, bin ich nicht der Auffassung, daß der Unterparagraph C der Verordnung über das Palastpersonal (VPP) in seinem Fall Anwendung findet.«

Mein kurzer Vortrag erreichte sein Ziel: er verwirrte meinen Zuhörer und langweilte ihn zugleich. Aahz wäre stolz auf mich gewesen. Ich war besonders stolz darauf, daß ich die Kündigungsklausel mit ins Spiel gebracht hatte, weil mir dies gestattete, für den Fall, daß Aahz nicht zurückkehren sollte, zu behaupten, daß ich ihn entlassen hätte, ohne daß dies einen Einfluß auf die Höhe des mir von der Krone gezahlten Solds haben würde.

Natürlich ließ mich das wieder über die Möglichkeit nachgrübeln, daß Aahz nicht zurückkehren würde.

»Nun, wie auch immer. Es freut mich, daß Eure Einstellung in Urlaubsfragen meine eigene widerspiegelt, Sire Magiker. Jeder sollte einmal Urlaub machen dürfen. Aus diesem Grund habe ich Euch übrigens heute nachmittag aufgesucht.«

Das warf mich um.

»Urlaub? Aber Majestät, ich brauche doch gar keinen Urlaub!«

Das wiederum warf den König um.

»Ihr? Natürlich nicht! Ihr und Euer Lehrling verbringt doch sowieso die meiste Zeit mit Vergnügungsreisen auf anderen Welten. Das nenne ich aber eine ganz schöne Frechheit, mich um Urlaub angehen zu wollen!«

Das war's. Die ganze Wut, die ich seit Ruperts Ankunft nur mühsam unterdrückt hatte, brach jetzt aus mir heraus.

»Ich *habe* nicht um Urlaub ersucht!«

»Oh! Ja, natürlich.«

»Und außerdem gehören diese ›Vergnügungsreisen auf anderen Welten‹, die Ihr zu erwähnen beliebtet, zum täglichen Handwerk eines Zauberers, ob er nun bei Hofe angestellt ist oder sonstwo. Sie ermöglichen es uns, Wunder zu bewirken ... wie zum Beispiel das Wunder, Euer Königreich vor Big Julies Armee zu retten. Erinnert Ihr Euch noch?«

»Wie könnte ich das jemals vergessen, ich ...«

»Sollte Euer Majestät allerdings der Meinung sein, daß ich mir in der Erfüllung meiner Aufgaben als Hofzauberer Nachlässigkeit habe zuschulden kommen lassen, brauchen Majestät nur nach meinem Rücktritt zu verlangen, und ich werde ihn sofort einreichen. Wenn sich Majestät erinnern, haben *Majestät* mich darum ersucht, diese Stellung anzunehmen. *Ich* hatte Majestät nicht darum gebeten!«

»Bitte, Sire Magiker!« unterbrach Rodrick mich verzweifelt. »Ich wollte Euch nicht kränken. Ihr habt uns bisher mehr als zufriedenstellend gedient. Tatsächlich beruhte jene Zurückhaltung, die ich hinsichtlich Eures Urlaubs geäußert habe, nur auf der Befürchtung, ich könnte gezwungen sein, das Reich eine Zeit ohne Eure hilfreichen Kräfte regieren zu müssen. Aber wenn Ihr tatsächlich meint, daß Ihr einen Urlaub nötig habt, ließe sich dies sicherlich irgendwie einrichten ...«

»Ich *will* doch gar keinen Urlaub. In Ordnung! Lassen wir das Thema.«

»Aber gewiß. Ich dachte nur ... na schön.«

Mit leisem Kopfschütteln schritt er wieder zur Tür.

Daß ich diese Auseinandersetzung zu meinen Gunsten entschieden hatte, verbesserte meine Stimmung gewaltig. Nach der ganzen Herabwürdigung, die Rupert meinem Ego angetan hatte, war es zur Abwechslung mal ganz nett zu erfahren, daß *irgend jemand* meine Kräfte zu schätzen schien.

Allerdings fiel mir auch ein, daß es vielleicht nicht unbedingt das Klügste wäre, es darauf beruhen zu lassen, daß ich eine Auseinandersetzung mit dem Mann, der mir meinen Sold zahlte, gewonnen hatte.

»Euer Majestät?«

Der König blieb stehen.

»Habt Ihr nicht etwas vergessen?«

Er runzelte die Stirn.

»... zum Beispiel den ursprünglichen Anlaß Eures Besuchs? Da ich nicht um Urlaub ersucht habe und Ihr mir auch keinen anbieten wolltet, nehme ich doch an, daß Majestät etwas anderes im Sinne hatten?«

»Ach so, ja. Völlig richtig. Aber wenn man es genauer bedenkt, ist dies vielleicht nicht die rechte Zeit darüber zu sprechen.«

»Wie meinen? Etwa wegen unseres kleinen Mißverständnisses? Beachtet es nicht weiter, Majestät. Dergleichen kommt eben gelegentlich vor. Seid versichert, daß ich nach wie vor Euer Majestät treuester Untertan bin – bereit, alles zu tun, was in meiner Macht steht, um Euch beim Regieren des Königreichs zu unterstüzen.«

Wie ich schon sagte, langsam entwickelte ich ein Gefühl für die verschiedenen Redensarten, die die jeweiligen Situationen verlangten.

Rodrick strahlte mich an.

»Das freut mich, zu hören, Meister Skeeve. Aus eben diesem Grund habe ich Euch heute auch aufgesucht.«

»Und wie kann ich Euer Majestät zu Diensten sein?«

»Es geht um einen Urlaub.«

Ich schloß die Augen.

Einen kurzen Moment wußte ich … beachten Sie, daß ich *wußte* gesagt habe und auch *wußte* meinte … wie sich Aahz fühlte. Ich wußte, wie es war, wenn man sich ernsthaft bemühte, jemandem zu helfen, nur um festzustellen, daß dieser Jemand wild entschlossen zu sein schien, einen um den Verstand zu bringen.

Der König bemerkte meinen Gesichtsausdruck und fuhr hastig fort: »Kein Urlaub für Euch. Ein Urlaub für mich!«

Das öffnete mir die Augen. Im wahrsten Sinne des Wortes.

»Ihr, Majestät? Aber Könige machen doch gar keinen Urlaub!«

»Darum geht es ja gerade.«

Rodrick begann, während des Sprechens nervös im Zimmer auf und ab zu schreiten.

»Der Druck der Verantwortung für ein Königreich wird mit der Zeit immer stärker. Das ist wie in allen anderen Berufen auch. Der Unterschied ist nur, daß man als König nie eine Pause einlegen darf. Man hat keine Zeit, um sich mal auszuruhen und die Gedanken zu sammeln, oder auch nur, um mal lange zu schlafen. Vom Tag der Krönung an, da einem die Krone auf den Schädel drückt, bis zu dem Tag, da sie einem durch freiwillige oder unfreiwillige Pensionierung wieder genommen wird, ist man König.«

»Oh, das ist aber hart, Majestät! Ich wünschte, ich könnte irgend etwas tun, um Euch zu helfen.«

Der König blieb stehen und strahlte mich erneut an.

»Aber das könnt Ihr ja! Deshalb bin ich doch überhaupt hier!«

»Ich? Ich kann Eurem Urlaub nicht zustimmen! Selbst wenn es in meiner Macht stünde, und dem ist nicht so, braucht das Königreich ständig einen Herrscher auf dem

Thron. Es kann Euch nicht entbehren, nicht einmal für einen einzigen Tag!«

»Genau! Deshalb darf ich den Thron auch nicht verwaist zurücklassen. Wenn ich schon einen Urlaub brauche, muß ich wenigstens einen Ersatzmann haben.«

In meinem Kopf rasselte eine Alarmglocke.

Auch wenn Aahz wegen meiner Begriffsstutzigkeit ständig an mir herumgenörgelt hat – dumm bin ich keinesfalls. Selbst bevor ich Aahz begegnete ... ach was, bevor ich überhaupt Lesen und Schreiben lernte, konnte ich schon zwei und zwei zusammenzählen und erhielt als Ergebnis vier. In diesem Fall war die Notwendigkeit eines Ersatzmannes für den König die eine Zwei; die andere Zwei war seine Gegenwart in meinen Gemächern, und die Vier war ...

»Euer Majestät meinen doch wohl nicht etwa mich!«

»Aber natürlich meine ich Euch«, bestätigte Rodrick mir. »Tatsächlich, Sire Magiker, hatte ich ebendies schon im Sinn, als ich Euch für Euer gegenwärtiges Amt einstellte.«

»Hattet Ihr?«

Ich spürte deutlich, wie die Falle zuschnappte. Wenn dies tatsächlich der Grund gewesen war, weshalb der König mich angeheuert hatte, würde es unklug sein, diesen Auftrag abzulehnen. Rodrick könnte immerhin zu der Entscheidung gelangen, daß man meiner Dienste nicht mehr bedürfe. Und das Letzte, was ich jetzt, da Aahz verschwunden war, gebrauchen konnte, war ein Versiegen meiner Einkommensquelle. Ich war mir nicht sicher, wie die Arbeitsmarktsituation für ehemalige Hofzauberer aussah, aber ich war mir äußerst sicher, daß ich es nicht unbedingt aus erster Hand erfahren wollte.

»Wie Ihr schon sagtet, stehen die Kräfte des Hofzauberers zu meiner Verfügung, und eine der Kräfte, die Ihr vorgeführt habt, als wir einander das erste Mal begegneten, war die Fähigkeit, Eure Gestalt oder die Gestalt anderer nach Belieben zu verändern.«

Der Tarnungszauber! Es war einer der ersten Zauber, die Aahz mir beigebracht hatte, und einer der meistbenutzten im Laufe unserer letzten zahlreichen Abenteuer. Wer hätte nach all den Patschen, aus denen er mich schon gerettet hatte, gedacht, daß mich ausgerechnet dieser Zauber einmal in die Klemme bringen würde? Na ja, *einmal* hatte er mich zwar auch an den Strang gebracht ...

»Aber Majestät, ich kann Euch doch unmöglich ersetzen. Ich weiß doch überhaupt nicht, wie man König ist!«

»Das ist nicht weiter tragisch«, meinte Rodrick lächelnd. »Das Schöne daran, König zu sein, ist die Tatsache, daß man sogar Fehler machen kann, ohne daß einer einen darauf hinweisen würde.«

»Aber ...«

»Und außerdem soll es ja nur für einen Tag sein. Was sollte an einem einzigen Tag schon schiefgehen?«

III

»Einmal Ritter, immer Ritter, aber einmal König – das ist einmal zu viel!«

Alfons der Viertel-vor-Zwölfte

Nun sollten Sie nicht etwa glauben, daß ich ein Simpel wäre. Ich habe mit dem König wie wild gefeilscht, bevor ich nachgab. Nicht nur, daß ich ihn dazu bringen konnte, mir einen Bonus zu gewähren, er mußte sogar noch einen beträchtlichen Teil davon als Vorschuß ausspucken, bevor ich den Auftrag annahm. Gar nicht schlecht für einen Jungmagiker, der in der Patsche saß.

Natürlich saß ich seit dem Augenblick, da ich zugesagt hatte, nicht mehr bloß in der Patsche, sondern stand bis zum Hals in Jauche!

Je länger ich darüber nachdachte, desto schlimmer erschien mir die Aussicht, für den König einspringen zu müssen. Das Problem war nur, daß ich keine andere Wahl hatte ... oder vielleicht doch? Ich dachte noch ein wenig länger darüber nach, und endlich zeichnete sich ein matter Hoffnungsschimmer am Horizont ab.

Es gab einen Ausweg! Die Frage war bloß, wie weit ich an einem Tag würde laufen können. Wenngleich ich nicht sonderlich weltlich (oder außerweltlich, wenn wir schon dabei sind) gesinnt war, war ich mir doch ziemlich sicher, daß es nicht gerade der gesündeste Zeitvertreib sein durfte, Könige übers Ohr zu hauen.

Das wäre eine große Entscheidung, mit Sicherheit die größte, die ich jemals ganz allein hatte fällen müssen. Der König (oder, um genau zu sein, sein Ersatzmann) sollte erst am folgenden Mittag auf der Bildfläche erscheinen, also blieb mir noch etwas Zeit, um über die Sache nachzugrübeln. Dies im Sinne, beschloß ich, die Angelegenheit mit dem einzigen Freund zu beraten, der mir im Palast noch geblieben war.

»Was meinst du, Gliep? Soll ich lieber Fersengeld geben, oder soll ich hier herumhängen und versuchen, mich einen Tag lang als König auszugeben?«

Die Antwort war kurz und knapp.

»Gliep!«

Für diejenigen von Ihnen, die sich erst später in diese Serie eingeschaltet haben: Gliep ist mein Maskottchen. Er lebt in den königlichen Stallungen. Außerdem ist er ein zwanzig Fuß langer blauer Drache ... erst halb ausgewachsen. (Mir stehen die Haare zu Berge bei dem Gedanken, wie groß er erst sein wird, wenn er ausgewachsen ist! Brrrr!) Und was seine geistreiche Konversation betrifft, die müssen Sie einfach so hinnehmen. Er beherrscht eben lediglich ein Ein-Wort-Vokabular, aber das macht er dadurch wett, daß er dieses Wort ziemlich oft benutzt. Doch Gesprächigkeit hin, Gesprächigkeit her, in diesem Augenblick der Krise wandte ich mich an ihn, weil Aahz ja nun fort war und er das einzige Wesen in dieser Dimension blieb, welches meinem Problem wenigstens annähernd mit Mitgefühl begegnen würde. Das sagt an sich schon eine Menge über das gesellschaftliche Leben eines Magikers aus.

»Komm schon, Gliep, jetzt werd doch mal ernst. Ich stecke wirklich in der Klemme. Wenn ich versuche, für den

König den Ersatzmann zu spielen, mache ich vielleicht irgendwas falsch, etwas ganz Schlimmes vielleicht ... vielleicht, indem ich einen Krieg anzettle oder irgend einen Unschuldigen hängen lasse. Aber wenn ich andererseits den König reinlege und einfach verschwinde, müssen wir beide den Rest unseres Lebens als Gejagte und Flüchtlinge fristen.«

Das Einhorn in der Nebenbox schnaubte und stampfte zornig mit einem Huf auf.

»Entschuldigung, Butterblume. Dann müssen wir *drei* den Rest unseres Lebens als Gejagte und Flüchtlinge fristen.«

Kriegseinhörner sind nicht besonders häufig, nicht einmal in königlichen Stallungen. Dieses Kriegseinhorn hier gehörte mir. Ich hatte es zum Geschenk erhalten, kurz nachdem ich Gliep gekauft hatte. Wie ich schon sagte, dieser Lebensstil hat etwas Zooähnliches an sich.

»In einem Reich mit einem schlechten König könnten eine Menge Leute zu Schaden kommen«, argumentierte ich, »und ich wäre ein schlechter König. Herrje, ich bin ja noch nicht mal ein besonders guter Magiker.«

»Gliep!« widersprach mein Haustier streng.

»Danke für die Blumen, aber es stimmt trotzdem. Ich will niemandem wehtun, aber andererseits bin ich auch nicht eben scharf darauf, zum Gejagten und zum Flüchtling zu werden.«

Der verbalen Liebesbeteuerungen müde geworden, entschied sich Gliep dafür, seinen Gefühlen dadurch Ausdruck zu verleihen, daß er mir das Gesicht ableckte. Nun hinterlassen die Küsse meines Drachens nicht nur erhebliche Schleimrückstände, sie haben auch noch eine weitere Begleiterscheinung. Der Atem meines Drachens ist nämlich allenfalls als Gestankschwall zu bezeichnen, der nur noch vom Küchengeruch perfektischen Essens übertroffen wird.

»G... Gliep, alter Junge«, brachte ich schließlich mit Mühe hervor, »ich hab dich ja auch sehr, sehr lieb, aber wenn du das zweimal die Woche machen solltest, könnte es sein, daß sich unsere Wege bald trennen – und zwar für immer!«

Das trug mir eine verletzte Miene ein, so daß ich ihm zur Versöhnung den Kopf kraulte. Mir kam der Gedanke, das Drachen vielleicht nur deshalb überlebt hatten, weil sie sich alle nur einmal im Leben gefühlsmäßig an ein einziges Wesen binden. Wenn ihr Atem die gesamte Bevölkerung belästigt hätte, anstatt lediglich wenige Individuen, hätte man sie wohl schon vor Urzeiten ausgerottet. Nein, da war es schon besser, daß nur eine einzige Person litt, anstatt ...

Zur Zeit hatte ich allerdings dringendere Probleme zu bewältigen, denen ich mich jetzt wieder zuwandte.

»Wenn ich wegrenne, dann gerate nur ich allein in Schwierigkeiten, aber wenn ich versuche, König zu spielen, leidet das ganze Reich darunter! Genau, das ist es! Ich muß einfach gehen! Das ist die einzig anständige Möglichkeit! Danke, Gliep!«

»Gliep?«

Mein Maskottchen legte verwundert den Kopf schräg.

»Ich erklär's dir später. Also gut. Damit wäre die Sache entschieden. Ihr beide schlagt euch noch ordentlich den Bauch voll, während ich zurück in mein Zimmer husche und ein paar Sachen hole. Und dann heißt es: ›Possiltum ade!‹«

In Mußestunden habe ich mir manchmal Gedanken darüber gemacht, was wohl geschehen wäre, wenn ich meinen ursprünglichen Plan tatsächlich in die Tat umgesetzt hätte, wenn ich einfach in mein Zimmer zurückgehuscht wäre, meine Habseligkeiten zusammengepackt hätte und weggelaufen wäre. Dadurch hätte ich die Terminplanung jenes Abends völlig durcheinander gebracht und die ganze Geschichte hätte einen ganz anderen Verlauf genommen. So jedoch machte ich erst noch einen kleinen Umweg. Auf halbem Weg zurück in meine Unterkunft meldete sich Aahz' Ausbildung wieder zu Wort. Will sagen: Ich begann, über Geld nachzudenken.

Selbst als gejagter Flüchtling würde sich Geld als ziemlich nützlich erweisen ... und der Vorschuß des Königs würde auch nicht ewig reichen. Mit etwas mehr Bargeld in der Tasche würde ich ein ganzes Stück weiter weglaufen, mich eine ganze Weile länger versteckt halten können ... oder wenigstens um einiges besser leben können ...

Von derlei Gedanken beschwingt, begab ich mich auf die Suche nach Grimble.

Der Kanzler und ich waren nie unbedingt das gewesen, was man als enge Freunde bezeichnen würde. Das Wort »Erzfeinde« wäre schon eher zutreffend. Aahz behauptete immer, daß dies an meinem wachsenden Einfluß bei Hofe läge, doch das stimmte nicht. In Wirklichkeit war der Grund darin zu suchen, daß die Gier meines Ausbilders, die nach immer größeren Geldmitteln verlangte, nur noch von Grimbles Unwilligkeit übertroffen wurde, dieselben herauszurücken. Letztendlich betrafen diese Streitereien auch mich, denn mein Lohn, mit dem ich Aahz auszahlte, stammte schließlich aus ebenjenen Schatztruhen, die von dem Kanzler so eifersüchtig gehütet wurden.

Ich fand ihn, wie ich es erwartet hatte, in dem winzigen Verschlag, der ihm als Büro diente. Gerüchten zufolge soll er sich geweigert haben, größere Räumlichkeiten für sich zu beanspruchen, um das andere Personal dadurch zu beeindrucken, daß er ein Beispiel an Askese darstellte. Das funktionierte zwar nicht, aber er versuchte es dennoch unentwegt und gab die Hoffnung nicht auf.

Sein Pult war ellenbogenhoch mit Papier bedeckt, das mit winzigen kleinen Zahlen übersät war, auf die er starrte, um sie gelegentlich zu ändern, während er verschiedene Blätter von einem Stapel auf den anderen schichtete. Auf dem Boden wie auch auf dem einzigen Stuhl, befanden sich ähnliche Stapel, was mich zu der Überzeugung gelangen ließ, daß er sich schon eine ganze Weile seiner Aufgabe gewidmet haben mußte. Da ich weder einen Sitz- noch einen Stehplatz ausmachen konnte, lehnte ich mich kurzentschlossen gegen den Türrahmen.

»Macht Ihr noch Überstunden, Kanzler?«

Diese Frage trug mir einen kurzen, finsteren Blick ein, bevor er sich wieder seiner Arbeit zuwandte.

»Wenn ich Zauberer wäre, dann wären das jetzt wohl Überstunden, ja. Aber als Schatzmeister sind das meine *normalen* Arbeitsstunden. Nur zu Eurer Information: es geht alles recht reibungslos vonstatten. So reibungslos, um genau zu sein, daß ich heute abend wahrscheinlich relativ früh fertig sein dürfte, so in drei oder vier Stunden.«

»Woran arbeitet Ihr denn?«

»Am nächsten Jahreshaushalt, und die Planung ist schon beinahe abgeschlossen. Das heißt, sofern niemand das Risiko eingehen sollte, sich meiner dauerhaften Ungnade zu versichern, indem er versucht, mich in letzter Minute zu einer Änderung des Zahlenwerks zu bewegen.«

Letzteres wurde begleitet von etwas, das man nur als »bedeutungsvollen Blick« bezeichnen kann.

Ich ignorierte ihn.

Ich meine – zum Teufel aber auch! Ich war bei ihm sowieso schon mies angeschrieben, da konnte mir eine weitere Drohung auch nichts mehr ausmachen.

»Dann ist es ja gut, daß ich Euch noch vor Beendigung Eurer Arbeit erwischt habe«, sagte ich beiläufig. »Ich möchte etwas mit Euch besprechen, das Euer Zahlenwerk mit Sicherheit verändern wird. Um es genau zu sagen: Es geht um eine Neueinstufung meiner Lohngruppe.«

»Kommt überhaupt nicht in Frage!« explodierte Grimble. »Ihr seid sowieso schon der bestbezahlteste Angestellte des ganzen Personals, mich selbst eingeschlossen. Es ist geradezu ein Skandal, daß Ihr Euch auch nur mit dem *Gedanken* an eine Lohnerhöhung tragen könnt!«

»Es geht nicht um eine Lohn*erhöhung*, Kanzler, es geht um eine Lohn*senkung*.«

Das bremste ihn.

»Lohnsenkung?«

»Sagen wir, auf null?«

Er lehnte sich in seinem Stuhl zurück und musterte mich argwöhnisch.

»Es fällt mir schwer zu glauben, daß Ihr und Euer Lehrling bereit wäret, umsonst zu arbeiten. Verzeiht mir, aber ich mißtraue aller angeblich edlen Selbstaufopferung aus tiefstem Herzen. Auch wenn ich Habgier nicht mag, ist sie doch ein Antrieb, den ich wenigstens begreife.«

»Vielleicht ist das ja der Grund, weshalb wir bisher immer so gut miteinander ausgekommen sind«, schnurrte ich. »Aber Ihr habt natürlich recht. Ich habe keineswegs vor, umsonst zu arbeiten. Ich denke daran, den Hof von Possiltum zu verlassen, um mir eine andere Anstellung zu suchen.«

Die Augenbrauen des Kanzlers schossen in die Höhe.

»Wiewohl ich Eurem Plan gewiß nicht widersprechen möchte, muß ich doch zugeben, daß er mich in Erstaunen versetzt. Ich hatte eigentlich den Eindruck, daß Ihr Euch recht wohl in Eurer Stellung, in Eurem ›lauen Job‹, wie es Euer Lehrling wohl auszudrücken beliebt, fühltet. Was um alles in der Welt könnte Euch dazu bewegen, die Annehmlichkeiten des Lebens bei Hofe gegen eine ungewisse Zukunft auf der Straße einzutauschen?«

»Na, eine Bestechung natürlich«, erwiderte ich lächelnd. »Eine Pauschalsumme von eintausend Goldstücken.«

»Ich verstehe«, murmelte Grimble leise. »Und wer bietet Euch diese Bestechungssumme, wenn ich fragen darf?«

Ich richtete den Blick an die Decke.

»Eigentlich hatte ich gehofft, daß *Ihr* das tun würdet.«

Danach gab es zwar noch ein ziemliches Gefeilsche, aber hauptsächlich um die Einzelheiten unserer Abmachung. Grimble wollte Aahz und mich unbedingt von seiner Soldliste gestrichen wissen, obwohl ich den Verdacht hege, daß er weniger flexibel gewesen wäre, wenn er gewußt hätte, daß er nur mit mir allein verhandelte. Es kam zu einigen Beschimpfungen und Prahlereien, aber schließlich zählt ja nur das Endergebnis, und das sah so aus, daß ich meine Gemächer ansteuerte, um tausend Goldstücke reicher für das Versprechen, daß dies das letzte Geld sein sollte, das ich jemals von Grimble erhalten würde. Das war ein weiterer Grund, mich möglichst schnell wieder auf den Weg zu machen.

Leichten Herzens und mit schwerer Börse betrat ich meine Unterkunft.

Erinnern Sie sich noch an das letzte Mal, als ich dies tat?

Als mich ein Dämon dort erwartete? Nun, das passierte jetzt ein weiteres Mal.

Mißverstehen Sie mich nicht! Das ist *keineswegs* ein ganz normales Ereignis, das in meinem Leben alle Tage vorkommt. Ein Dämon, der unangekündigt aufkreuzt, ist schon ziemlich selten. Zwei Dämonen dagegen ... na ja, egal, wie man die Sache sehen mochte, auf jeden Fall würde ich diesen Tag in meinem Kalender rot ankreuzen müssen.

Haben Sie jetzt das Gefühl, daß ich versuche, Zeit zu schinden? Stimmt. Sie müssen nämlich wissen, daß ich diesen Dämon, oder genauer, diese Dämonin, kannte. Ihr Name war Massha.

»Hal-löchen, große Nummer! War gerade in der Gegend und dachte mir, ich schnupper mal rein und frag ›wie geht's‹!«

Sie trat vor, um mich zu herzen, und ich beeilte mich, etwas Unbewegliches zwischen uns zu bringen. Vielleicht meinen Sie ja, daß ein Herzen und ein »Wie geht's« nichts besonders Bedrohliches darstellt. Doch kennen Sie Massha nicht!

Ich habe nicht das geringste gegen Willkommensumarmungen. Ich habe eine andere Dämonenfreundin namens Tanda (ja, ich habe im Augenblick wirklich eine Menge Dämonenfreunde), deren Willkommensumarmungen Höhepunkte in meinem Leben sind. Tanda ist süß kurvig und knuddelig. Schön, sie ist zwar auch eine Mörderin, aber ihre Umarmungen können selbst eine Statue noch zum Leben erwecken.

Massha ihrerseits ist *nicht* süß und knuddelig. Massha ist wuchtig ... und noch einiges mehr. Ich zweifelte keineswegs an der Aufrichtigkeit ihrer Begrüßungsfreude. Ich hatte nur Angst, daß ich, sollte sie mich tatsächlich umarmen, Tage brauchen würde, um mich davon wieder zu erholen ... und dabei mußte ich doch schließlich noch einen Fluchtplan entwerfen.

»Äh ... hallo, Massha. Nett, dich wiederzusehen ... so ganz und gar ...«

Als ich Massha das letzte Mal gesehen hatte, war sie als grellbuntes Zirkuszelt verkleidet gewesen – nur war dies bei ihr gar keine Verkleidung. Es entsprach ihrer Art sich so anzuziehen. Diesmal jedoch hatte sie anscheinend alles Überflüssige abgeschüttelt ... zusammen mit ihrer Garderobe und dem letzten verbliebenen Rest an gutem Geschmack. Na gut, sie war nicht völlig nackt. Sie trug immerhin einen Leopardenfellbikini, aber dabei zeigte sie soviel Fleisch wie *vier* nackte Leute. Ein Bikini, ihre üblichen Wagenladungen Schmuck, ein hellgrüner Lippenstift, der sich mit ihrem orangefarbenen Haar biß, und eine Tätowierung auf dem Oberarm: Das war Massha. Stil und Klasse, vom Scheitel bis zur Sohle.

»Was führt dich nach Klah? Arbeitest du denn nicht mehr in Jahk?« fragte ich und erwähnte dabei die Dimension, in der wir einander begegnet waren.

»Die Jungs werden eben ein Weilchen ohne mich auskommen müssen. Ich bin auf ... einem kleinen Urlaub.«

Da gab es in dieser Gegend anscheinend eine ganze Menge Leute!

»Aber was machst du hier?«

»Für belanglose Plaudereien hast du wohl nicht viel übrig, was? Das mag ich an einem Mann!«

Als Erwiderung auf diese Bemerkung begann meine Haut ein wenig zu kribbeln, aber sie fuhr bereits fort.

»Na ... da ich schon hier bin, habe ich mir gedacht, ich

könnte mir euren General Badaxe mal wieder ein bißchen unter die Lupe nehmen, aber das ist nicht der wahre Grund für meinen Besuch. Ich hatte gehofft, daß du und ich ... ein kleines Geschäft machen könnten.«

Vor meinem geistigen Auge spulte sich mein Leben ab. Einen Augenblick lang waren weder Aahz' Verschwinden noch der Auftrag des Königs mein größtes Problem ...

»Ich?« keuchte ich schließlich.

»Genau, du heißer Fratz. Ich habe 'ne Menge nachgedacht, seit du und dein schuppiger grüner Kumpel durch mein Jagdrevier gewalzt seid, und gestern habe ich mich schließlich entschieden. Ich habe mich entschieden, bei dir eine Stelle als Lehrling anzutreten.«

IV

»Pflichten entstehen dadurch, daß man nicht beizeiten nein sagt.«
Adam

»Aber Euer Majestät, er hat mir die andere Hälfte noch vor dem Frühling versprochen, und ...«

»Hab ich nicht.

»Aber wohl!«

»Lügner!«

»Dieb!«

»Bürger«, sagte ich, »ich kann immer nur eine Seite auf einmal anhören. Also, du da! Erzähl mir, was deiner Erinnerung zufolge abgemacht wurde.«

Genau: Sagte *ich!* Da saß ich nun, auf ebenjenem Thron, dem ich um jeden Preis zu entgehen versucht hatte.

Eigentlich war dieses Königsgeschäft nur halb so wild. Rodrick hatte mich in die Grundvorgänge eingewiesen und mich mit entsprechender Garderobe ausgestattet, und von da an war es ziemlich einfach gewesen. Die Probleme, die mir da vorgetragen wurden, waren nicht sonderlich schwer zu lösen, allerdings waren es ziemlich viele.

Zuerst hatte ich eine Heidenangst, dann machte es einen Heidenspaß, aber inzwischen war es nur noch langweilig. Ich hatte bereits den Überblick verloren, wieviele Fälle ich mir schon angehört hatte, aber inzwischen hatte ich ein Mitgefühl entwickelt für Rodrick und seinen Wunsch, dem Ganzen für eine Weile zu entfliehen.

Bevor das Mittagessen angefahren wurde, fühlte ich mich bereits urlaubsreif. Ich konnte es nicht fassen, wie Rodrick diesen Blödsinn jahrelang hatte ertragen können.

Sie werden sich vielleicht fragen, wie das Gespräch mit Massha dazu führen konnte, daß ich nun plötzlich doch auf dem Thron saß. Na ja, das frage ich mich selbst manchmal, aber ich will Ihnen berichten, wie es dazu kam, soweit ich mich daran noch erinnern kann.

Es bedarf wohl keiner besonderen Erwähnung, daß ihr Wunsch, mein Lehrling zu werden, mich völlig unvorbereitet traf.

»M... meine ... aber Massha! Du *hast* doch schon eine Stellung als Hofzauberin. Warum willst du denn da noch bei mir in die Lehre gehen?«

Zur Antwort stieß Massha einen schweren Seufzer aus. Das war ein überwältigender Anblick. Nicht nur, weil es soviel von Massha zu sehen gab, das sich in so viele verschiedene Richtungen gleichzeitig bewegte, sondern weil sie am Schluß auf ihre halbe Größe zusammengesackt schien. Nun war sie keine imposante Figur mehr, sondern nur eine ziemlich erschöpft aussehende, ziemlich dicke Frau.

»Hör mal, Skeeve«, sagte sie mit leiser Stimme, die nicht im geringsten mit ihrem ansonsten vamphaften Ton verwandt zu sein schien, »wenn wir zusammenarbeiten sollten, müssen wir ehrlich bleiben. Hofzauberin oder nicht, wir wissen beide, daß ich keinerlei Magik beherrsche. Ich bin eine reine Mechanikerin ... ein Trickfreak. Ich hab zwar genug magischen Flittertand auf Lager, um meinen Job zu behalten, aber jede Dumpfbacke mit genügend Zaster in der Brieftasche kann sich den ganzen Krempel im Bazar von Tauf zusammenkaufen.

Versteh mich nicht falsch, ich beschwer mich ja gar nicht. Die alte Massha ist von den Allerbesten ziemlich rumgeschubst worden, aber nie hat jemand mitangehört, wie sie sich beschwert hätte. Bisher war ich zufrieden mit dem, was ich hatte. Es ist ja nur, daß ich dich und deinen Haufen gesehen habe, wie ihr mit *echter* Magik beim Großen Spiel gleich *beide* Stadtstaaten aufs Kreuz gelegt habt – da hab ich erkannt, daß es doch noch ein bißchen mehr gibt als die Tricks aus der Technikkiste. Also, was meinste? Willste mir helfen, 'n bißchen von dem richtigen Kram zu lernen, wegen dem ich schließlich überhaupt erst ins Magikgeschäft eingestiegen bin?«

Ihre Ehrlichkeit war mir mehr als nur ein bißchen peinlich. Ich wollte ihr ja helfen, aber mit Sicherheit konnte ich im Augenblick keinen Lehrling gebrauchen. Ich entschied mich für ausweichen.

»Warum hast du dir überhaupt den Magikerberuf ausgesucht?«

Mit dieser Frage erntete ich ein trauriges Lächeln.

»Du bist wirklich süß zu mir, Skeeve, aber wir wollten doch ehrlich zueinander sein, nicht? Ich meine, guck mich doch bloß mal an! Was soll ich denn sonst tun, um meinen Lebensunterhalt zu verdienen? Soll ich etwa heiraten und mein Dasein als Hausfrau fristen? Wer würde mich denn schon haben wollen? Das sieht doch jeder Blinde sofort, daß ich mehr bin, als er sich einhandeln will ... 'n Haufen mehr. Ich hab mich schon vor langer Zeit damit abgefunden, daß ich so aussehe. Ich hab es akzeptiert und jede Verlegenheit mit lautem Gerede und auffälligen Gehabe überspielt. Da war es doch nur naheliegend, daß ich mich von der Magik angezogen fühlte, einem Beruf, der schließlich nach lautem Gerede und auffälligen Gehabe verlangt.«

»Na ja, wir prahlen schließlich nicht alle«, entgegnete ich vorsichtig.

»Ich weiß«, lächelte sie. »Du brauchst nicht großartig rumzutönen, weil du schließlich genug auf dem Kasten hast, um auch halten zu können, was du versprichst. Das hat mich schon auf Jahk beeindruckt, und jeder, mit dem ich im Bazar von Tauf darüber gesprochen habe, hat das Gleiche gemeint: ›Skeeve prahlt zwar nicht groß rum, aber leg dich lieber nicht mit ihm an.‹ Deshalb will ich ja auch dich als Lehrer haben. Wie man rumprahlt, weiß ich schon von allein.«

Ehrlichkeit in Kombination mit Schmeichelei, das ist schon ein vernichtender Doppelhaken! Was immer ich vorher von Massha gehalten haben mochte, jetzt fraß ich ihr förmlich aus der Hand. Doch bevor ich mich zu etwas verpflichtete, das ich später vielleicht bereuen würde, beschloß ich, ihr mit ihren eigenen Waffen entgegenzutreten.

»Massha ... wir wollten doch ehrlich zueinander sein, nicht? Na schön, im Augenblick kann ich dich nicht als Lehrling annehmen, und zwar aus zwei Gründen. Der erste Grund ist ganz einfach. Soviel verstehe ich auch nicht von Magik. Egal, wie sehr wir unseren Kunden auch das Fell über die Ohren ziehen können, selbst auf Tauf – in Wirklichkeit bin ich noch ein Schüler. Ich lerne das Geschäft selbst gerade erst.«

»Das ist kein Problem, großer Meister«, lachte Massha und gewann etwas von ihrer ursprünglichen Fassung zurück. »So ist die Magik eben, je mehr man lernt, um so mehr gibt es noch zu lernen. Deshalb verbringen die wirklich großen Typen in unserer Branche auch die ganze Zeit damit, zurückgezogen zu leben und zu üben. Aber du kennst wenigstens *etwas* Magik, und das ist schon mehr als ich von mir behaupten kann. Ich bin dankbar für alles, was du mir beibringst.«

»Oh«, sagte ich, ein wenig überrascht, daß mein Geständnis sie nicht umgestimmt hatte. »Na ja, dann ist da aber immer noch der zweite Grund.«

»Nämlich?«

»... daß ich im Moment selbst in ziemlichen Schwierigkeiten stecke. Genau genommen wollte ich gerade heimlich aus dem Königreich abhauen, als du aufgetaucht bist.«

Auf Masshas Stirn erschien eine kleine Falte. »Hmmm ...«, machte sie nachdenklich. »Vielleicht solltest du mir lieber ein paar Einzelheiten über deine Schwierigkeiten erzählen. Manchmal hilft es, sich auszusprechen, und dafür sind Lehrlinge schließlich da.«

»Sind sie das wirklich?« konterte ich zweifelnd. »Weißt du, ich bin selbst schon zweimal Lehrling gewesen, und ich kann mich nicht erinnern, daß auch nur einer der beiden Magiker, unter denen ich lernte, mich in seine Probleme eingeweiht hätte.«

»Na schön, dann ist eben *Massha* dafür da. Zuhören ist zufälligerweise eines der wenigen Dinge, in denen ich *wirklich* gut bin. Und nun raus damit. Was ist denn passiert, daß so 'ne große Nummer wie du heiße Sohlen kriegt?«

Da ich keinen anderen Ausweg mehr sah, erzählte ich ihr vom Auftrag des Königs und von meinem Handel mit Grimble. Sie hatte nicht gelogen. Sie war wirklich eine ausgezeichnete Zuhörerin, die gerade genügend mitfühlende Geräusche von sich gab, um mich während des Berichts zu bestärken, ohne jedoch meine Gedankengänge zu unterbrechen.

Als ich schließlich geendet hatte, seufzte sie und schüttelte den Kopf.

»Du hast recht, du befindest dich wirklich in einer schlimmen Klemme. Aber ich glaube, da gibt es ein paar Dinge, die du übersehen hast, bevor du deine Entscheidung gefällt hast.«

»Zum Beispiel ...?«

»Na ja, zunächst mal hast du schon recht, ein schlechter König ist schlimmer als ein guter König. Das Problem ist nur, daß ein schlechter König immer noch besser ist als gar keiner. Roddie Fünf zählt auf dich und darauf, daß du morgen seinen Platz einnimmst, und wenn du nicht aufkreuzt, dann gerät das ganze Reich in Panik, weil der König plötzlich verschwunden ist.«

»So habe ich die Sache noch gar nicht betrachtet«, gab ich zu.

»Dann ist da noch die Sache mit Grimble. Wir haben ja alle ein offenes Händchen für ein bißchen zusätzliches Kleingeld, aber wenn es herauskommen sollte, daß Grimble dich ausgerechnet dann dafür bezahlt hat, daß du die Mücke machst, als der König voll auf dich zählte, dann wandert *sein* Kopf auf den Richtblock, und zwar wegen Hochverrats.«

Ich schloß die Augen.

Das entschied die Sache. Es war ja schon schlimm genug, der anonymen Masse wehzutun, aber wenn die Masse plötzlich ein Gesicht bekam, und sei es auch nur das von Grimble, war ich außerstande, jemanden aufgrund meiner eigenen Feigheit einem Hochverratsprozeß auszusetzen.

»Du hast recht«, seufzte ich. »Ich muß doch wohl morgen für den König einspringen.«

»Mit mir als Lehrling?«

»Frag mich das übermorgen noch mal ... sofern ich dann noch am Leben sein sollte. Bis dahin verziehst du dich und sagst Badaxe ›hallo‹. Ich weiß, daß er sich freuen wird, dich wiederzusehen.«

»Majestät?«

Mit einem Ruck kehrte ich in die Gegenwart zurück und mußte feststellen, daß die beiden Streithähne mich ansahen, wahrscheinlich in Erwartung meines Urteils.

»Wenn ich den Fall richtig verstanden habe«, versuchte ich Zeit zu schinden, »dann beansprucht ihr beide dieselbe Katze als Besitz. Stimmt das?«

Zwei Köpfe nickten in bereitwilliger Zustimmung.

»Nun, wenn ihr beide euch nicht einigen könnt, scheint es mir nur eine Lösung zu geben. Teilt die Katze entzwei und behaltet jeder eine Hälfte.«

Dieses Urteil war eigentlich dazu gedacht gewesen, sie beide ihren Streit mit einem schnellen Kompromiß beilegen zu lassen. Statt dessen aber bedankten sie sich überschwenglich für meine Weisheit, gaben einander die Hand und gingen fort, vermutlich, um ihre Katze zu tranchieren.

Mir fiel auf, und dies nicht zum ersten Mal an diesem Tag, daß viele der Bürger Possiltums nicht gerade besonders helle zu sein schienen. Was irgend jemand mit einer halben toten Katze (oder, wenn wir schon dabei sind, mit einer ganzen toten Katze) anfangen wollte, überstieg mein Vorstellungsvermögen.

Plötzlich fühlte ich mich sehr müde. Mit einem lässigen Winken rief ich den Herold herbei.

»Wieviele warten noch draußen?« fragte ich.

»Das waren die letzten. Wir haben die Prozeßlast für heute bewußt klein gehalten, damit Majestät sich auf morgen vorbereiten können.«

»Auf morgen?«

Die Frage rutschte mir so heraus. Eigentlich war es mir ziemlich egal, was morgen passierte. Meine Aufgabe war beendet. Ich hatte den Tag überstanden, und morgen, das war Rodricks Problem.

»Jawohl, morgen ... wenn Eure Braut eintrifft.«

Plötzlich war ich überhaupt nicht mehr müde. Kein bißchen. Ich war hellwach und lauschte angespannt.

»Meine Braut?« fragte ich vorsichtig.

»Gewiß haben Euer Majestät es nicht vergessen. Sie hat ihre Ankunft eigens auf diesen Tag gelegt, damit sie noch eine Woche für die Hochzeitsvorbereitungen zur Verfügung hat.«

Prozeßlast – daß ich nicht lachte! *Jetzt* war mir endlich klar, weshalb Rodrick Urlaub gewollt hatte. Und ich wußte auch mit ziemlicher Gewißheit, daß er heute abend nicht zurückkehren würde, um mich von meinen Pflichten zu entbinden. Heute abend nicht, und vielleicht niemals.

V

»Das einzige, was noch schlimmer ist als ein Zauberer, ist ein Zauberlehrling.«

M. Maus

Ausnahmsweise gelang es mir, meinen Drang, in Panik auszubrechen, zu unterdrücken. Ich mußte einfach! Ohne Aahz, der alles hätte zusammenhalten können, bis ich mich beruhigt hätte, konnte ich mir keine Hysterie erlauben.

Statt dessen dachte ich nach ... und dachte nach.

Ich steckte in der Klemme, und wie ich die Sache auch drehte, es würde mir nicht gelingen, alleine und aus eigener Kraft wieder herauszukommen.

Ich dachte an Massha.

Dann dachte ich an Selbstmord.

Dann wieder an Massha.

Fest entschlossen und mit weichen Knien fällte ich meine Entscheidung. Die Frage war: Wie konnte ich Massha ausfindig machen? Die Antwort folgte der Frage auf dem Fuß. Bisher war es nichts als Pein und Qual gewesen, für den König den Ersatzmann zu spielen. Es war langsam an der Zeit, das die Sache auch *mir selbst* mal was brachte.

»Wache!«

Mit beeindruckender Schnelligkeit erschien plötzlich ein uniformierter Soldat vor dem Thron.

»Jawohl, Euer Majestät?«

»Ruft mir den General Badaxe. Ich wünsche ihn zu sehen.«

»Ähhh ... bitte Euer Majestät um Verzeihung, aber er befindet sich gerade in Gesellschaft einer Dame.«

»Gut. Ich meine, bringt sie beide her.«

»Aber ...«

»Sofort.«

»Jawohl, Euer Majestät!«

Der Wachsoldat verschwand ebenso flink, wie er gekommen war.

Ich versuchte, mein Grinsen zu verbergen. Ich bin noch nie besonders gut mit den Militärs von Possiltum zurechtgekommen. Natürlich mag das auch damit zusammenhängen, daß wir zum ersten Mal miteinander konfrontiert worden waren, als man Aahz und mich angeheuert hatte, um ihren Krieg für sie zu führen. Egal, jedenfalls genügte der Gedanke an einen bedauernswerten Soldaten der Ehrengarde, der dazu gezwungen war, das Stelldichein seines Generals zu unterbrechen, um mich zum Lächeln zu bringen, zum ersten Lächeln seit einigen Tagen.

Aber eine Wache loszuschicken, um die Person, die ich sehen wollte, zu holen, war immer noch besser, als selbst hinter ihr herzujagen. Vielleicht hatte das Königsdasein ja *doch* seine Vorteile.

Zwei Stunden später wartete ich noch immer. In dieser Zeit hatte ich mehr als genug Gelegenheit gehabt, mir über die Vorteile königlicher Befehle so meine Gedanken zu machen. Nachdem ich schon nach Badaxe gesandt hatte, war ich nun auch dazu verpflichtet, ihn im Thronsaal zu erwarten.

Einen Augenblick dachte ich über die gräßliche Möglichkeit nach, daß er Massha vielleicht zu einem Ausritt mitgenommen hatte und daß es möglicherweise *Tage* dauern könnte, bis man sie gefunden hatte. Doch nach weiterer Überlegung verwarf ich diesen Gedanken wieder. Im ganzen Reich gab es nicht ein Reittier, Gliep eingeschlossen, das Massha mehr als ein paar Schritte weit hätte tragen können, ohne zusammenzubrechen.

»Es treten ein: General Badaxe ... und eine Freundin.«

Mit diesen Worten trat der Soldat einen Schritt zur Seite. Genaugenommen waren es sogar gleich mehrere Schritte.

Ich habe Masshas Fleischmassen bereits beschrieben. Nun, in diesem Punkt stand ihr Hugh Badaxe kaum nach. Was ihm an Hüftschwung fehlte, machte er durch Muskeln wieder wett. An meinem ersten Eindruck von dem General hatte sich nichts geändert: daß er nämlich dadurch seinen Posten bekommen hatte, daß er mit der ganzen Armee gerungen – und gewonnen! – hatte. Natürlich trug er gerade sein offizielles Bärenfell – das saubere –, was ihn noch viel größer erscheinen ließ. Obwohl ich dabei gewesen war, als sie sich zum ersten Mal begegnet waren, hatte ich Massha und Badaxe noch nie Seite an Seite nebeneinander stehen sehen. Es war ein ehrfurchtgebietender Anblick. Zusammen hätten sie eine Parade barbarischer Invasoren darstellen können, die der Dekadenz anheimgefallen waren – wäre da nicht die Axt des Generals gewesen. Diese zweischneidige Streitaxt hing gemütlich an vertrauter Stelle an der rechten Hüfte des Generals, und ihr Glitzern wirkte alles andere als dekorativ. So war er wenigstens ein Barbar, der die Dekadenz nicht bis an seinen Schwertarm herangelassen hatte.

»Euer Majestät.«

Badaxe brachte rumpelnd seinen Gruß hervor, während er mit einer Behendigkeit, die seine Größe Lügen zu strafen schien, auf ein Knie niedersank. Man konnte sich vorstellen, wie der Schädel eines gefallenen Feindes unter diesem herabsinkenden Knie zerbarst. Ich verscheuchte diesen Gedanken sofort wieder.

»Seid gegrüßt, General. Wollt Ihr mich nicht Eurer ... Gefährtin vorstellen?«

»Ich ... aber gewiß, Euer Majestät. Darf ich Euch Massha vorstellen, Hofzauberin von Ta-hoe, meine Freundin und die des Sire Skeeve, des Zauberers an Euer Majestät eigenem Hof hier zu Possiltum.«

»Sehr erfreut, Euer Majestät.«

Mit großem Schreck begriff ich plötzlich, daß Massha sich anschickte, Badaxe nachzueifern, indem sie einen Knicks machte. Selbst wenn ihr ein derartiges Manöver gelingen sollte, würde es genügend Kraftaufwand bedeuten, um unter den anderen anwesenden Höflingen Hohn und Heiterkeit auszulösen ... und irgendwie wollte ich das nicht.

»Äh ... das ist nicht nötig«, erklärte ich hastig. »Es lag nicht in unserer Absicht, hier offiziell und förmlich hofzuhalten, vielmehr stand uns der Sinn nach einer formlosen gesellschaftlichen Begegnung.«

Dies erzeugte ein Raunen in den Reihen der Anwesenden, den General eingeschlossen, der mich mit leiser Verwunderung stirnrunzelnd anblickte. Doch nun hatte ich eine Gesprächslinie festgelegt, und so blieb mir nichts anderes übrig, als weiterzustümpern.

»Genau genommen war dies der einzige Grund für mein Verlangen Euch zu sehen. Ich wünschte die Dame kennenzulernen, die betörend genug ist, um unseren General von seinem gewohnten Platz an meine Seite fortzulocken.«

»Aber Euer Majestät haben mir doch gestern für heute Urlaub gewährt«, protestierte der General.

»Völlig richtig. Wie ich schon sagte, dies ist nur eine formlose Begegnung. Aber augenscheinlich gibt es hier zuviele Anwesende für eine formlose Unterhaltung. Es ist unser Wunsch, daß der Hof für heute geschlossen und der Saal geräumt wird, auf daß ich ungehindert mit dieser Würdenträgerin sprechen kann.«

Wieder ertönte ein erstauntes Raunen, aber ein königlicher Befehl blieb nun mal ein königlicher Befehl, und so entfernten sich die verschiedenen Höflinge unter vielfachen Verbeugungen und Hofknicksen.

»Ihr auch, General. Ich wünsche, mit Massha allein zu sprechen.«

Badaxe wollte etwas einwenden, doch Massha knuffte ihn mit einem Ellenbogen in die Rippen, der wohl die meisten Männer umgeworfen hätte, in diesem Fall aber gerade heftig genug war, um die Aufmerksamkeit des Generals zu wecken. Sein Gesicht verfinsterte sich und er furchte die Stirn, machte eine knappe Verbeugung und verließ zusammen mit den anderen den Saal.

»So, so, Ihr also seid eine Freundin unseres Sire Magikers«, fragte ich, als wir endlich allein waren.

»Ich ... ich habe diese Ehre, Euer Majestät«, erwiderte Massha vorsichtig. »Ich hoffe, es ... geht ihm gut?«

»Tatsächlich steckt er im Augenblick in erheblichen Schwierigkeiten.«

Massha stieß einen gewaltigen Seufzer aus.

»Das habe ich befürchtet. Hat es etwas mit seinem letzten Auftrag zu tun?«

Diese Frage ignorierte ich.

»General Badaxe scheint von Euch recht eingenommen zu sein. Seid Ihr sicher, daß Ihr im Magikgeschäft bleiben wollt? Oder wollt Ihr es nicht lieber mit einem neuen Lebensstil versuchen?«

Massha musterte mich verdrießlich.

»Wie habt Ihr denn das erfahren? Ihr habt doch wohl nicht etwa Euren eigenen Zauberer foltern lassen, oder?«

Ich bemerkte, wie sie an ihren Ringen spielte und daran drehte, und entschied, daß die Zeit der Komödie vorüber war.

»Wartet, Massha! Bevor Ihr irgend etwas unternehmt, muß ich Euch etwas zeigen.«

»Was denn?«

Ich hatte bereits die Augen geschlossen, um meinen Tarnzauber aufzuheben – so schnell wie noch nie in meinem Leben.

»Mich«, sagte ich und öffnete die Augen wieder.

»Da hol mich doch der ... Hast mich ja wirklich sauber aufs Kreuz gelegt, du Wahnsinnskerl!«

»Ach, das war doch bloß ein Tarnzauber«, wehrte ich ab und machte eine wegwerfende Gebärde.

»Nett. Deswegen wärst du beinahe von mir gebraten worden. Warum hast du mir denn nicht gesagt, daß du es warst?«

»Erstens wollte ich sehen, ob mein Tarnzauber wirklich so gut ist, daß er selbst jemanden täuschen kann, der nach ihm Ausschau hält. Es ist das erste Mal, daß ich auch meine Stimme zu ändern versuche und nicht nur mein Aussehen. Und zweitens ... na ja, ich war einfach neugierig zu erfahren, ob du dir die Sache mit deiner Lehre vielleicht nicht doch noch lieber anders überlegen willst.«

»Aber du hättest mich doch bloß zu fragen brauchen ... Ach so, verstehe! Du bist wirklich in Schwierigkeiten, was? Es ist also so schlimm, daß du mich nicht wegen eines alten Versprechens mit hineinreißen wolltest. Das ist nett von dir, Skeeve. Wie ich schon sagte, du ziehst wirklich 'ne Klassenummer ab.«

»Ach, das hätte doch jeder getan«, widersprach ich und versuchte, meine Verlegenheit zu überspielen.

Sie schnaubte laut.

»Wenn du das wirklich glauben würdest, wärst du schon lange nicht mehr am Leben. Aber egal, ob nun Lehrling oder nicht, Freundschaft bleibt Freundschaft. Und nun raus damit. Was ist passiert?«

Auf den Stufen zum Thron sitzend, informierte ich sie über die bevorstehende Hochzeit und über meinen Verdacht hinsichtlich des zeitlich allzu passend eingefädelten Urlaubs des Königs. Ich versuchte, es gelassen und nüchtern zu formulieren, doch gegen Ende meines Berichts bekam meine Stimme einen ziemlich tonlosen Klang.

Als ich fertig war, stieß Massha ein mitfühlendes Pfeifen aus.

»Wenn ihr großen Nummern in Schwierigkeiten geratet, macht ihr aber wirklich keine halben Sachen, wie? Jetzt, wo du mir gesagt hast, was Sache ist, wundere ich mich wirklich, daß du überhaupt noch hier bist.«

Ich schnitt eine Grimasse.

»Manchmal bin ich ja vielleicht ein bißchen langsam, aber man braucht mir immer nur einmal eine Lektion zu erteilen. Wenn ein Tag ohne König schon schlecht für das Reich ist, dann wäre ein völliges Verschwinden des Königs möglicherweise die reinste Katastrophe. Jedenfalls brauche ich jetzt jemanden, der den echten König ausfindig macht und herbeiholt, während ich vom Thron aus weiterbluffe.«

Massha runzelte die Stirn.

»Na ja, ich habe zwar ein kleines Schmuckstück, mit dem ich ihn aufspüren könnte, allerdings nur sofern du irgendwas zur Verfügung hast, das er mal getragen hat ...«

»Du machst wohl Witze! Glaubst du etwa, daß die Hofzauberer in Possiltum immer in solchen Klamotten rumlaufen wie ich im Moment? Alles, was ich anhabe, gehört dem König, und außerdem besitzt er noch zwei weitere Schränke voll.«

»Aber ich verstehe nicht, wieso du ausgerechnet mich brauchst. Wo ist denn dein sonstiger Partner ... wie heißt er noch gleich ... Aahz? Ich würde doch meinen, daß er für einen solchen Job der allererste Ansprechpartner wäre. Kannst du nicht einfach mal zu ihm rüberhüpfen, egal, in welcher Dimension er gerade ist, und ihn für ein Weilchen zurückholen?«

Da mir nichts anderes übrig blieb, entschied ich mich, ihr die ganze Wahrheit zu erzählen, sowohl was Aahz' endgültiges Verschwinden anbelangte, als auch von meiner Unfähigkeit, ohne D-Hüpfer durch die Dimensionen zu springen. Als ich damit fertig war, reagierte Massha mit einem Kopfschütteln.

»Dann bist du also ganz allein hier, regelrecht gestrandet, und wolltest mir trotzdem noch einen Ausweg lassen, ohne mich zur Hilfeleistung zu erpressen? Na gut, mein Herr, meine Hilfe ist Ihnen sicher, und dafür brauchst du mich auch nicht mit einer Lehrstelle zu bestechen. Ich hol dir deinen König schon zurück ... und zwar noch vor der Hochzeit. *Danach* können wir dann über Lehrlinge reden.«

Ich schüttelte den Kopf.

»Das ist zwar richtig gedacht, aber in der falschen Reihenfolge. Ich wollte dich nicht mit einer Lehrstelle bestechen, Massha. Ich habe dir schon einmal gesagt, daß ich nicht viel von Magik verstehe, aber das, was ich kenne, will ich dir gerne beibringen ... ob du nun den König gefunden hast oder nicht. Ich bin mir zwar nicht sicher, ob man so etwas eine Zauberlehre nennen kann, aber wenn es das ist, was du willst, kannst du es haben.«

Sie lächelte – ein Lächeln, das sich äußerst deutlich von ihrer normalen Vampnummer unterschied.

»Wir können uns später noch darüber streiten. Im Augenblick habe ich leider keine Zeit, ich muß nämlich einen König suchen.«

»Einen Augenblick noch! Bevor du gehst ... du kannst doch ziemlich gut mit technischen Geräten umgehen, nicht? Na ja, ich habe einen D-Hüpfer in meinem Quartier. Ich möchte, daß du mir zwei Einstellungen darauf zeigst, die von Tauf und die von Klah. Weißt du, *so* fürchterlich edel bin ich nämlich auch wieder nicht. Wenn mir der Boden hier zu heiß unter den Füßen werden sollte, oder wenn du länger als eine Woche brauchen solltest, um den König aufzuspüren, möchte ich doch ganz gerne einen kleinen Fluchtvorsprung haben. Falls ich nicht mehr hier sein sollte, wenn du zurückkehrst, kannst du deinen ›edlen‹ Skeeve im Gasthaus zum Gelben Halbmond im Bazar von Tauf suchen.«

Massha schnaubte.

»Du stellst dein Licht schon wieder unter den Scheffel, du heißes Bübchen! Du hast immerhin vor, es zu versuchen, bevor du die Kurve kratzt, und das kann man von den wenigsten Leuten in unserem Gewerbe behaupten. Und ganz nebenbei gehen deine Beweggründe, wie immer du sie auch einschätzen magst, tiefer, als du denkst. Du hast mich gerade um zwei verschiedene Einstellungen gebeten. Für die Flucht brauchst du aber nur eine.«

VI

»Gute Informationen sind schwer zu bekommen. Noch schwerer ist es, mit ihnen etwas anzufangen!«

S. Holmes

Ich war schon vor langer Zeit zu der Ansicht gelangt, daß die Hauptanforderung an Königshäupter die Immunität gegenüber Langeweile ist. Nachdem ich bereits darüber berichtet habe, wie wahrhaft geisttötend es ist, sogenannte »Staatspflichten« wahrzunehmen, kann ich nur noch hinzufügen, daß es *noch schlimmer* ist, darauf warten zu müssen, sie wahrnehmen zu können.

Ich hatte es alles andere als eilig, die künftige Braut des Königs kennenzulernen. Und schon gar nicht stand mir der Sinn danach, sie zu heiraten. Nachdem mir allerdings gemeldet wurde, daß sich ihre Ankunft um einen vollen Tag verzögern würde, und als der folgende Tag sich langsam in den Nachmittag hineinstreckte, wobei ich auf ihren »frühmorgendlichen« Empfang warten mußte, ertappte ich mich bei dem Wunsch, daß sie sich doch bitte endlich herbequemen möchte, damit wir uns endlich kennenlernen und die Sache hinter uns bringen konnten.

Alle anderen königlichen Geschäfte ruhten, um dem Empfang der zukünftigen Königin von Possiltum den gehörigen Nachdruck zu verleihen. Das hielt ich allerdings für etwas überflüssig, nachdem ich gesehen hatte, wie die Untertanen die Straßen mit Blumen schmückten und sich in Dreierreihen aufbauten in der Hoffnung, einen Blick auf diese neue Prominenz werfen zu können. Das Warten schien ihrer Stimmung nicht abträglich zu sein, wenngleich die Blumen nach und nach welkten, um jedoch sofort von eifrigen Händen wieder erneuert zu werden. So würde dieser Empfang zumindest der Blumenernte Possiltums für eine Weile empfindliche Einbußen zufügen. Natürlich konnte er sogar *allen* Ernten solche Einbußen zufügen, weil die feiernden Menschen sich unentwegt in den Straßen scharten und nicht die leiseste Lust zu verspüren schienen, auf ihre Felder oder in ihre Handwerksstuben zurückzukehren, auch dann nicht, als immer weitere Verzögerungen bekanntgegeben wurden.

»Haben die Bürger eigentlich nichts Besseres zu tun, als auf den Straßen herumzulungern und sich mit Blumen zu werfen?« knurrte ich und wandte mich vom Fenster ab. »Irgend jemand sollte das Reich während dieser Narretei doch eigentlich in Betrieb halten.«

Wie üblich, nahm es auch diesmal Grimble auf sich, mich zu besänftigen.

»Euer Majestät sind lediglich etwas nervös wegen des bevorstehenden Empfangs. Ich vertraue darauf, daß sich Euer Majestät in ihrer Weisheit nicht dazu verleiten lassen werden, diese Gereiztheit auf Euer Majestät treue Untertanen zu übertragen?«

»Als sie die Grenze überschritt, wurde mir versichert, daß sie heute morgen hier eintreffen würde. Morgen! Habt Ihr schon mal einen Morgen gesehen, an dem die Sonne untergeht?«

»Zweifellos wurde sie durch den Zustand der Straßen aufgehalten«, erbot sich General Badaxe zu erklären.

»Ich habe Euer Majestät schon früher darauf aufmerksam gemacht, daß eine Reparatur unserer Straßen längst überfällig ist. In ihrem gegenwärtigen Zustand behindern sie den Reisenden ... und das gilt *auch* für unsere Truppen, sollte unser schönes Land jemals angegriffen werden.«

Grimble bleckte die Zähne.

»Und seine Majestät hat mir auch immer darin zugestimmt, daß eine Reparatur der Straßen im Augenblick viel zu teuer wäre ... es sei denn, der General wäre gewillt, die Größe seiner Armee deutlich zu verringern, damit wir mit den eingesparten Soldgeldern die Reparaturen bezahlen können?«

Der General lief purpurn an.

»Wenn Ihr die Armee reduziert, Grimble, werdet Ihr schon bald jene Schatzkammer einbüßen, über die Ihr so eifersüchtig wacht.«

»Genug, meine Herren«, beendete ich den Streit und bedeutete ihnen mit einem Winken, zu schweigen. »Wie Ihr beide bereits bemerktet, haben wir dieses Thema schon zahlreiche Male besprochen.«

Man hatte beschlossen, daß der König von Possiltum, anstatt dazusitzen und vor der gesamten Bevölkerung herumzuzappeln, die Ankunft der Braut zurückgezogen, nur in der Gesellschaft seiner Berater abwarten sollte. Wegen des Ansehens des Königs und so. Leider bedeutete dies, daß ich seit dem frühen Morgen mit Grimble und Hugh Badaxe in einem kleinen Raum eingesperrt war. Ihre ständigen Sticheleien und Streitgespräche hatten genügt, um meiner ohnehin schon recht zweifelhaften Stimmung einen niegekannten üblen Unterton zu verleihen.

»Nun, während wir warten, könntet Ihr mir, jeder für

sich, einmal Eure Meinung über meine künftige Braut und ihr Königreich mitteilen.«

»Aber Majestät, das haben wir doch schon getan. Viele Male sogar.«

»Nun, dann tut ihr es eben noch einmal. Ihr seid doch schließlich meine Berater, oder nicht? Also beratet mich auch gefälligst. General Badaxe, warum fangt ihr nicht als erster an?«

Badaxe zuckte die Schultern.

»Seit unserem letzten Beratungsgespräch hat sich die Situation nicht wesentlich verändert. Sackgaß ist ein kleines Reich. Winzig, um genau zu sein, keine eintausend Einwohner. Diese erheben Hoheitsanspruch auf das Sackgaßgebirge, von dem das Königreich seinen Namen hat und das den wichtigsten Teil seiner militärischen Verteidigung bildet. Ihr Anspruch läßt sich hauptsächlich deshalb aufrechterhalten, weil die Berge sehr tückisch sind und es kaum einen Grund gibt, sich dorthin zu wagen. Mindestens fünfundneunzig Prozent der Einwohnerschaft bewohnt das Tal zwischen den Bergen. Sie besitzen keine offizielle Armee, eher eine Miliz, die aber auch ausreicht, da das Tal alleine fünf Passe zählt, von denen aus selbst ein Kind mit einem Steinhaufen eine ganze Armee abwehren könnte ... und es gibt dort reichlich Steine. Ihre größte Schwachstelle ist die Nahrung. Der Boden dort ist so beschaffen, daß sie nicht einmal ihre winzige Bevölkerung ernähren können, und sie liegen immer noch im Streit mit dem Königreich am anderen Ende des Tals, dem das ganze Tal einst gehört hat, weshalb sie ihre gesamten Nahrungsmittel von uns kaufen müssen ... zu Preisen, die selbst ein großzügig gesinnter Mensch noch außergewöhnlich hoch nennen würde.«

»Angebot und Nachfrage«, lächelte Grimble mit gefletschten Zähnen.

»Einen Augenblick, General!« unterbrach ich. »Wenn ich das richtig verstehe, dann stellt Sackgaß aufgrund seiner Größe keine militärische Bedrohung für uns dar. Im Gegenteil, es könnte sogar unsere Flanke vor einem Angriff über den Paß schützen. Stimmt das?«

»Korrekt.«

»Was es auch bereits tut.«

»Ebenfalls korrekt.«

Einen Ausweg ahnend, sprach ich eilig weiter.

»Wir können sie nicht angreifen, aber nach allem, was Ihr sagt, besitzen sie auch gar nichts, was uns interessieren würde. Wozu dann diese ganze Heiraterei und Verbünderei?«

Der General warf Grimble einen vielsagenden Blick zu.

»Weil Sackgaß zwar arm an Bewohnern und Ernteerträgen ist, andererseits aber auf dem größten Vorkommen an Edelmetall auf dem ganzen Kontinent hockt«, erklärte der Kanzler.

»Edelmet... ach so, Gold meint Ihr.«

»Genau. Durch diese Verbindung wird Possiltum zum reichsten Königreich aller Zeiten.«

»Das scheint mir aber kaum ein hinreichender Grund für eine Eheschließung zu sein«, murmelte ich.

»Die Meinung Euer Majestät zu diesem Thema ist uns wohlbekannt«, nickte Grimble. »Majestät haben sie jedesmal, wenn die Sprache auf eine mögliche Heirat kam, lang und ausführlich erläutert. Ich bin nur froh, daß Ihr schließlich darin eingewilligt habt, als die Untertanen von Possiltum mit einer Rebellion für den Fall drohten, daß Ihr Euch dem Heiratsvorschlag noch länger widersetzen solltet.«

»Das geschah aber erst, nachdem Ihr das Gerücht verbreitet habt, daß eine solche Verbindung zu Steuersenkungen führen würde, Grimble«, knurrte Badaxe.

»Ich habe nur von *möglichen* Steuersenkungen gesprochen«, berichtigte ihn der Schatzmeister mit Unschuldsmiene. »Kann ich denn etwas dafür, wenn das einfache Volk daraus die falschen Schlüsse zieht?«

Nun, da ich etwas besser im Bilde war, hätte ich auch etwas mehr Sympathie für die mißliche Lage des Königs aufbringen können, wenn er nicht mich an seiner Stelle in sie hineinmanövriert hätte.

»Genug über Sackgaß. Nun teilt mir Eure Meinung über meine zukünftige Braut mit.«

Einen Augenblick herrschte betretenes Schweigen.

»Sackgaß hat keine Monarchie im eigentlichen Sinne«, erklärte Grimble vorsichtig. »Das heißt, bis vor kurzem. Es war eher eine Art Stammesstaat, in dem die jeweils Stärksten regierten. Als der letzte ›König‹ starb, gelang es jedoch seiner Tochter Schierlingsfleck irgendwie, den Thron zu besteigen und sich zu behaupten, wodurch sie in gewissem Sinne eine Art Erbfolge institutionalisierte. Es ist allerdings unklar, wie sie dies vollbracht hat.«

»Es heißt, daß sie sich vor dem Tod des Königs der ... Treue aller kampftüchtigen Männer im Königreich versichert hat, wodurch sie dafür sorgte, daß ihr Anspruch auf den Thron nicht angefochten wurde«, warf Badaxe ein.

Ich hob beschwichtigend die Hand.

»Meine Herren, was Ihr mir da mitteilt, das sind Tatsachen. Ich will aber *Meinungen* von Euch hören.«

Diesmal schwiegen beide ziemlich lange.

»Na was ist?« Ich zog eine Grimasse.

»Euer Majestät müssen bedenken«, protestierte Grimble, »daß Ihr von uns verlangt, unsere geheimen Gefühle für eine Frau zu äußern, die schon bald unsere Königin sein wird.«

»Nicht, bevor die Hochzeit stattgefunden hat«, grollte ich. »Im Augenblick bin *ich* noch Euer König. Verstanden?«

»Es fallen einem die Worte ›kaltschnäuzig‹ und ›skrupellos‹ ein«, sagte der General. »Und das ist der Eindruck eines Mannes, dessen Beruf die Blutbäder des Krieges sind!«

»Ich bin überzeugt, daß die Gerüchte, sie hätte ihren Vater ermordet, um die Herrschaft über das Reich an sich zu reißen, übertrieben sind«, wandte Grimble matt ein.

»... aber Euer Majestät wären gut beraten, auf getrennten Schlafgemächern zu bestehen und selbst dann noch einen sehr leichten Schlaf zu pflegen ... und zwar bewaffnet«, schloß der General mit Entschiedenheit.

»Was die getrennten Schlafgemächer betrifft, so dürfte dies keine Schwierigkeiten bereiten«, warf Grimble lüstern ein. »Es heißt, daß Königin Schierlingsfleck die Tugendhaftigkeit einer Straßenkatze besitzt.«

»Wunderbar«, seufzte ich.

Der Kanzler gewährte mir ein väterliches Lächeln.

»Oh, es besteht kein Zweifel, daß das gesamte Reich, mich selbst eingeschlossen, Euer Majestät wegen des Opfers, das Ihr für Euer Volk zu erbringen bereit seid, zutiefst bewundert.«

Das Problem war, daß nur ich allein wußte, wen der König *tatsächlich* zu opfern bereit war!

Ich musterte Grimbles Lächeln mit halbgeschlossenen Augen und zermarterte mir das Gehirn, wie ich ihm seine hämische Selbstzufriedenheit angesichts meiner mißlichen Lage austreiben könnte. Plötzlich fiel mir noch etwas ein.

»Was ich fragen wollte: Weiß einer von Euch, wo unser Hofzauberer sich gegenwärtig aufhält?«

Grimbles Lächeln verschwand so schnell, wie es gekommen war.

»Er ist ... verschwunden, Euer Majestät.«

»Wie? Mal wieder zu einem seiner unseligen Abenteuer ausgezogen?«

Der Kanzler wandte den Blick ab.

»Nein, ich meine er ... er ist fort. Er hat seine Kündigung eingereicht und ist verschwunden.«

»Wem hat er seine Kündigung eingereicht?« drang ich in ihn. »Wer hat ihm gestattet, seinen Posten ausgerechnet jetzt, in meiner schlimmsten Stunde, zu verlassen?«

»Ähhh ... ich habe es ihm gestattet, Euer Majestät.«

»Wie bitte, Grimble? Ich habe Euch nicht verstanden.«

»Ich. Ich habe ihm gesagt, daß er gehen könne.«

Inzwischen war Grimble sichtlich in Schweiß gebadet, was mir nur recht war. Tatsächlich begann nun eine Idee in meinem Geist Form anzunehmen.

»Hmmm ... wie ich Euch kenne, Kanzler, würde ich vermuten, daß hinter dem plötzlichen Verschwinden des Großen Skeeve Geld steckt.«

»Das könnte man«, meinte Grimble ausweichend, »so ähnlich formulieren.«

»Nun, das geht nicht«, sagte ich entschieden. »Ich will ihn zurückhaben ... und zwar noch vor dieser vermaledeiten Eheschließung. Und außerdem – da Ihr es wart, dem ich sein Fortgehen zu verdanken habe, mache ich Euch auch persönlich für seine Rückkehr verantwortlich.«

»A... aber Euer Majestät! Ich wüßte nicht, wo ich anfangen sollte, nach ihm zu suchen. Er kann schon überall sein.«

»Er kann noch nicht sehr weit sein«, warf Badaxe wie beiläufig ein. »Sein Drache und sein Einhorn befinden sich noch immer in den königlichen Stallungen.«

»Ach ja?« Der Kanzler blinzelte erstaunt.

»Ja«, meinte der General lächelnd. »Was Ihr sehr wohl wissen könntet, wenn Ihr jemals den Fuß aus Eurer Wechselstube setzen würdet.«

»Seht Ihr, Grimble«, sagte ich, »die Aufgabe, die ich Euch gestellt habe, sollte also einem Mann von Eurem Einfallsreichtum keine Schwierigkeiten bereiten. Und nun ab mit Euch! Je länger Ihr noch hier verweilt, desto länger wird es dauern, bis Ihr unseren Zauberer auf Abwegen gefunden habt.«

Der Kanzler wollte etwas erwidern, zuckte dann aber mit den Schultern und schritt zur Tür.

»Ach, und noch etwas, Grimble!« rief ich ihm nach. »Etwas, das Ihr beherzigen solltet. Mir ist ein Gerücht zu Ohren gekommen, demzufolge der Große Skeeve sich in letzter Zeit zum Schabernack für mich ausgegeben hat. Möglicherweise stolziert dieser Schlingel irgendwo mit königlicher Miene umher. Diese Kleinigkeit sollte Euch bei der Suche wertvolle Dienste leisten.«

»Danke, Euer Majestät«, erwiderte der Kanzler verdrossen, nachdem ich ihn solchermaßen an die verwandlerischen Fähigkeiten seines angeblichen Suchopfers erinnert hatte.

Ich war mir nicht ganz sicher, aber ich hatte den Eindruck, daß General Badaxe irgendwo in den Tiefen seines Barts ein Lachen erstickte, als sein Rivale hinausschlurfte.

»Wie steht es mit Euch, General? Meint Ihr nicht, daß

Eure Männer dabei behilflich sein könnten, dem Großen Skeeve meinen königlichen Wunsch auszurichten?«

»Das wird nicht nötig sein, Euer Majestät.«

Plötzlich ernst geworden, trat er näher, legte mir eine Hand auf die Schulter und starrte mir in die Augen.

»Sire Zauberer«, sagte er, »der König wünscht Euch zu sprechen.«

VI

»Gegen eine beherzte Frau hilft nur eins – ein herzhafter Drink.«
P. Marlowe

»Ihr wißt schon eine ganze Weile, daß ich ein Kriegsmann bin. Was Ihr aber anscheinend *nicht* wißt, ist, was das bedeutet.«

Inzwischen saßen wir beim Wein, und führten ein weitaus entspannteres Gespräch als vorhin, da ich noch König Rodrick gemimt hatte.

»Kämpfer erkennen Menschen sowohl an ihren Bewegungen und ihrem Verhalten, als auch an ihrem Gesicht. Das ist eine Angewohnheit, die der Beruf mit sich bringt. Nun hattet Ihr zwar das Aussehen und die Stimme des Königs, aber Eure Körperhaltung und Eure Gesten waren die des Großen Skeeve, nicht die Rodricks des Fünften.«

»Aber wenn Ihr wußtet, daß ich ein Betrüger war, warum habt Ihr dann nichts gesagt?«

Der General versteifte sich.

»Der König hat mich in dieser Angelegenheit nicht ins Vertrauen gezogen, und Ihr auch nicht. Ich hätte es als unhöflich empfunden, mich da ungebeten einzumischen.

»Habt Ihr nicht befürchtet, daß ich an einem Komplott zur Ermordung des Königs und der Machtergreifung teilhaben könnte?«

»Sire Magiker, wenngleich wir einander als Rivalen kennengelernt haben, ist mein Respekt vor Euch durch unsere längere Bekanntschaft nicht unerheblich gewachsen. Sowohl damals, als Ihr Big Julie und seine Armee dazu überreden konntet, vom Syndikat zu desertieren und sich als ehrliche Bürger Possiltum anzuschließen, wie auch beim Großen Spiel, als ich Seite an Seite mit Euch kämpfte und Ihr Kopf und Kragen riskiertet, um einen bedrohten Kameraden zu retten, habt Ihr Einfallsreichtum, Mut und Ehrgefühl bewiesen. Und wenn ich von Euch auch nicht immer ein Bild in glühendsten Farben zeichne, so reicht meine Geringschätzung doch nicht so weit, daß ich es für möglich hielte, daß Ihr an der Ermordung Eures Arbeitgebers teilhaben würdet.«

»Danke, General.«

»... und außerdem würde nur ein Volltrottel Rodricks Stelle ausgerechnet kurz vor seiner Heirat mit Königin Schierlingsfleck einnehmen wollen.«

Ich zuckte zusammen.

»Soviel zu Eurem gewachsenen Respekt.«

»Ich habe von ›Einfallsreichtum, Mut und Ehrgefühl‹ gesprochen, von Intelligenz habe ich nichts gesagt. Also gut, entweder ein Volltrottel oder jemand, der dem Befehl seines Königs Folge leistet.«

»Wie wär's denn mit einer Mischung aus beidem?« seufzte ich.

»Das hatte ich vermutet«, nickte Badaxe. »Und da wir nun schon offen miteinander reden, darf ich fragen, wo sich der König befindet?«

»Eine gute Frage.«

In wenigen deprimierenden Worten informierte ich ihn, hinsichtlich meiner mir aufgetragenen Pflicht und Rodricks Verschwinden, über den neuesten Stand der Dinge.

»Ich hatte befürchtet, daß etwas Derartiges geschehen würde«, meinte der General, als ich geendet hatte. »Der König hat schon immer verzweifelt nach einem Ausweg aus dieser Situation gesucht, und anscheinend hat er nun einen gefunden. Na ja, es bedarf wohl keiner besonderen Erwähnung, aber wenn ich Euch irgendwie helfen kann, dann sagt es nur.«

»Danke, General. Tatsächlich wollte ich ...«

»... sofern es dem Königreich keinen Schaden zufügt«, berichtigte sich Badaxe. »Wie bespielsweise eine Flucht Eurerseits. Possiltum braucht einen König, und der seid nun mal vorläufig Ihr!«

»Oh. Nun ... wie wäre es, wenn Eure Leute dabei helfen würden, den König zu suchen?«

Badaxe schüttelte den Kopf.

»Das geht nicht. Diesen Auftrag hat Massha bereits. Wenn ich meine Leute hinter ihr herschickte, um sie bei der Suche zu unterstützen, würde sie denken, daß ich nicht an sie glaube.«

Wunderbar! Da hatte ich ja einen tollen Verbündeten – sofern es mir nur gelang, mich an seinen Treueverpflichtungen und Liebesverwicklungen vorbeizumogeln.

Der General mußte meinen Gesichtsausdruck bemerkt haben.

»Alles andere will ich gerne tun.«

»Was denn, zum Beispiel?«

»Na ja ... zum Beispiel, Euch beibringen, wie Ihr Euch gegen Eure künftige Braut zur Wehr setzen könnt.«

»Meint Ihr wirklich, daß wir dazu noch genügend Zeit haben werden?«

In diesem Augenblick klopfte es an der Tür.

»Euer Majestät! Die Kutsche der Königin Schierlingsfleck nähert sich dem Palast!«

»Nein«, beantwortete der General meine Frage mit entwaffnender Ehrlichkeit.

Wir schafften es gerade noch rechtzeitig vor dem Gefolge der Königin, die für uns vorgesehenen Plätze zu erreichen. Der Thron von Possiltum war vorübergehend innerhalb der Palasttore aufgebaut worden, und so gelang es Badaxe und mir nur durch einen höchst unwürdigen Sprint durch die Gänge, unsere jeweilige Stellung einzunehmen, bevor die Tore geöffnet wurden.

»Erinnert mich daran, daß wir später noch einmal über die Effektivität des Frühwarnsystems Eurer Armee ein paar Worte wechseln«, sagte ich zu dem General, als ich auf meinen Platz sank.

»Ich meine, es war der Hofzauberer, der sich über das, wie er glaubte, zu ausgedehnte militärische Spionagenetz beschwerte«, konterte Badaxe. »Vielleicht wollen Euer Majestät ihn nun davon überzeugen, wie wichtig rechtzeitige Aufklärung sein kann.«

Bevor ich mir eine hinreichend höfliche Antwort überlegen konnte, kam der Troß der Königin vor den Stufen zum Stehen.

Das Königreich Sackgaß hatte anscheinend keine Kosten und Mühen gescheut, um die Kutsche der Königin auszustatten. Wenn sie auch nicht aus purem Gold bestand, so waren die Zierleisten und Beschläge derart von diesem Metall durchsetzt, daß es müßig gewesen wäre, den Unterschied ausmachen zu wollen. Insgeheim frohlockte ich darüber, daß Grimble nicht anwesend war, um sich an diesem Anblick zu weiden. Die Vorhänge des Gefährts waren zugezogen, so daß wir zwar ihr reiches Stickwerk bewundern konnten, nicht aber was sich dahinter befand. Acht gleichaussehende Pferde bildeten das Gespann, wenngleich ihr zottiges Fell und ihre gedrungene Statur darauf hinzuweisen schienen, daß das Bergvolk sie normalerweise für weitaus praktischere Zwecke gebrauchte, als dafür, königliche Hoheiten durch die Landschaft zu zerren.

Die Kutsche allerdings war das einzige Dekorative an der ganzen königlichen Prozession.

Die Eskorte bestand aus mindestens zwanzig Gefolgsleuten, die alle beritten waren und noch weitere Pferde mit sich führten, wobei ich nicht sagen konnte, ob diese als Ersatz dienten oder einen Teil der Aussteuer bildeten. Außerdem bestand die Eskorte ausschließlich aus Männern von gleichartigem Aussehen: breitschultrig, schmalhüftig und muskulös. Sie erinnerten mich an Miniaturversionen der beiden Mannschaften, gegen die Aahz und ich beim Großen Spiel hatten antreten müssen, doch im Gegensatz zu jenen Spielern waren diese hier bis an die Zähne bewaffnet. Sie strotzten nur so von Schwertern und Messern, ihre Stiefelspitzen, Gliederpanzer und Schulterscheiden glitzerten und funkelten, so daß ich zu der Überzeugung gelangte, daß ihre Bewaffnung zusammengenommen ebensoviel wiegen mochte wie die ganze goldene Kutsche, welche sie bewachten. Es waren auch keine hübschen, zierlichen Dekorationsobjekte, wie man sie bei Hofe trug, sondern wohlausgewogene Feldwaffen, die von den Männern mit jener nachlässigen Leichtigkeit getragen wurden, wie sie Kämpfer ihrem Werkzeug gegenüber zur Schau zu stellen pflegen.

Die Männer selbst trugen recht triste Kittel, die eher dazu geeignet schienen, mit einem Messer zwischen den Zähnen durchs Gebüsch zu kriechen, als eine königliche Eskorte zu kleiden. Dennoch verzogen sie ihre ohnehin breiten und äußerst flachen Gesichtszüge zu einem noch breiteren Grinsen, als sie abwechselnd des Gebäude anstarrten und der Menge zuwinkten, die entschlossen schien, den schon zuvor erwähnten Blumenüberschuß loszuwerden, indem sie die Kutsche darunter begruben. In Badaxes oder Big Julies Augen mochte die Eskorte zwar schlampig und undiszipliniert aussehen, aber ich für meinen Teil wäre nicht scharf darauf gewesen, derjenige sein zu müssen, der versuchte, ihnen irgend etwas abzunehmen – sei es Königin, Kutsche oder Königreich, oder auch nur eine Blume, an der sie Gefallen gefunden hatten.

Zwei Männer im Gefolge schienen beachtenswerte Ausnahmen von der Regel zu sein. Selbst zu Pferde wirkten sie noch um einige Kopflängen größer als die anderen und noch einmal halb so breit. Sie hatten ihre wuchtigen Körper in Kittel gezwängt, die sauber und feierlich aussahen, und schienen unbewaffnet zu sein. Mir fiel allerdings auf, daß sie weder lachten noch winkten und statt dessen stocksteif in ihren Sätteln saßen und die Einzelheiten ihrer Umgebung mit jener gelangweilten, unbeteiligten Miene musterten, die ich für gewöhnlich nur bei Raubtieren beobachtet hatte, ... bei sehr großen Raubtieren.

Gerade wollte ich Badaxes Aufmerksamkeit auf das Paar lenken, als die Kutschentür geöffnet wurde. Die Frau, die nun heraustrat, war anscheinend mit den meisten Männern der Eskorte verwandt. Sie besaß den gleichen breiten, stämmigen Körperbau und auch die gleichen Gesichtszüge, nur war bei ihr alles noch viel betonter. Mein erster Eindruck war, daß sie wie die beiden unteren Drittel einer Eichentür aussah, vorausgesetzt, die Tür bestand aus Granit. Ohne zu lächeln musterte sie die Umgebung mit einem vernichtenden Blick, um schließlich kurz zu nicken und herabzusteigen.

»Die Kammerzofe«, murmelte Badaxe.

Ich weiß nicht, ob es beabsichtigt war, in jedem Fall beruhigte mich diese Bemerkung ungemein. Erst später kam mir der Gedanke, daß der General mir diese Information nur zukommen ließ, um mich von dem Gedanken an Flucht abzubringen, der mir auch tatsächlich gekommen war.

Die nächste Gestalt, die nun sichtbar wurde, sah gänzlich anders aus als alle anderen Sackgäßler. Sie war pfeildünn und blaß, mit schwarzem, strohigem Haar, das auf ihre Schultern herabhing. Anstelle des nun schon bekannten runden, flachen Gesichts sah sie eher so aus, als hätte man sie an der Nase zum Trocknen aufgehängt. Tatsächlich war sie kein unangenehmer Anblick, und ich vermutete sogar, daß sie jünger war als ich, aber die spitze Nase und die dunklen, glänzend-wachsamen Augen verliehen ihrem Aussehen eine entfernte Ähnlichkeit mit einem Nagetier. Ihr Kleid war ein langärmliges weißes Etwas, das auf einem Bügel wahrscheinlich anziehender gewirkt hätte. Ohne den versammelten Bürgern mehr als nur einen flüchtigen Blick zu schenken, raffte sie das bißchen, was an ihrem Kleid schlaffer Stoff war, sprang von der Kutsche und schritt mit der athletischen, beinbetonten Grazie eines entschlossenen Wildfangs die Stufen zu mir empor.

»Und *das*«, erklärte der General, »ist Königin Schierlingsfleck.«

Irgendwie hatte ich das bereits vermutet, aber nachdem es mir nun bestätigt worden war, trat ich in Aktion. *Diesen* Teil des Geschäfts beherrschte ich wenigstens, nachdem meine Berater mir die Sache immer und immer wieder eingepaukt hatten.

Ich erhob mich und blieb in königlicher Haltung stehen, bis sie den Thron erreicht hatte, dann stimmte ich meine Verbeugung präzise auf ihren Knicks ab ... Monarchen unter sich und so.

Als nächstes hätte ich sie eigentlich in Possiltum willkommen heißen sollen, doch bevor ich auch nur den Mund aufmachen konnte, entbot sie mir bereits ihren eigenen Gruß.

»Tut mir leid, daß ich keinen tieferen Knicks machen konnte, aber ich habe nicht das Geringste an unter diesem Fummel. Hier unten im Flachland ist es aber wirklich verdammt heiß, Rod«, sagte sie und gönnte mir dabei ein breites, aber dünnlippiges Lächeln.

»Aaah ...«, sagte ich vorsichtig.

Meine Erwiderung, beziehungsweise das Ausbleiben derselben, ignorierend, lächelte sie und winkte der Menge zu, die diese Geste mit tosendem Beifall quittierte.

»Welcher Idiot hat denn bloß den ganzen Pöbel eingeladen?« fragte sie, ohne daß ihr Lächeln sich auch nur eine Spur veränderte.

»Aaah ...«, wiederholte ich.

General Badaxe eilte mir zu Hilfe.

»Es haben zwar keine offiziellen Ankündigungen stattgefunden, Euer Majestät, aber anscheinend ist die Tatsache Eurer Ankunft auch bis zum letzten Bewohner dieses Reiches durchgesickert. Wie zu erwarten war, ist das Volk begierig, seine neue Königin zu sehen.«

»So, wie ich aussehe?« fragte sie und bleckte die Zähne, während sie den Jubelnden auf den Dächern zuwinkte. »Sechs Tage unterwegs bei dieser Hitze und ohne ein Bad oder einen Kleiderwechsel, und anstelle eines diskreten Empfangs kommt das halbe Königreich herbeigelaufen, um mich anzustarren, während ich so aussehe, als hätte man mich hinter der Kutsche hergeschleift. Na gut, jetzt läßt es sich auch nicht mehr ändern. Aber ich will Euch warnen, wenn das noch einmal vorkommen sollte … General Badaxe, nicht wahr? Hab ich mir gedacht. Nun, wie ich schon sagte, wenn das noch einmal vorkommt, dann werden einige Köpfe rollen … und das meine ich keineswegs nur bildlich.«

»Willkommen in Possiltum«, brachte ich endlich heraus.

Es war eine erheblich gekürzte Fassung der Rede, die ich eigentlich hatte halten wollen, aber an mehr konnte ich mich unter den gegebenen Umständen nicht mehr erinnern.

»Hallo, Roddie«, erwiderte sie, ohne mich anzusehen, während sie der Menge weiterhin zuwinkte. »Ich werde mich gleich in meine Unterkunft verdrücken. Sei ein Schatz und komm mir die nächste Woche nicht in die Quere … es gibt so viel zu tun. Und außerdem sieht es ganz danach aus, als würdest du sowieso alle Hände voll zu tun haben mit anderen Dingen.«

»Wieso?«

»Es kommen ein paar kleinere Schwierigkeiten auf dich zu, jedenfalls wenn es nach dem Herrn geht, dem ich unterwegs begegnet bin. Da kommt er übrigens. Tschüß.«

»Aber …«

Königin Schierlingsfleck war bereits im Innern des Palasts verschwunden wie eine Rauchwolke. Unterdessen bemerkte ich, wie ich mich auf den Mann konzentrierte, der soeben aus der Kutsche gestiegen war und nun die Stufen zu meinem Thron hinaufkam. Mir fiel auf, daß er die gleichen Züge und Gesten eines Wiesels aufwies wie Grimble. Vor allem aber fiel mir auf, daß die beiden breitschultrigen Raubtiere, von denen ich bisher geglaubt hatte, daß sie zur Eskorte der Königin gehörten, plötzlich an seiner Seite erschienen waren und neben ihm emporragten wie ein Paar Bücherstützen … wie ein Paar bösartiger Bücherstützen.

Ich setzte mich wieder, zu einem weil die nahende Gestalt nicht nach einer königlichen Hoheit aussah, hauptsächlich aber deshalb, weil ich das Gefühl hatte, daß ich während des nun folgenden Gesprächs lieber sitzenbleiben sollte.

Der Mann trat schließlich vor meinen Thron, richtete sich auf und gewährte mir ein eher knappes Kopfnicken anstelle einer Verneigung. Das wirkte immerhin noch einigermaßen höflich, denn seine beiden Begleiter nahmen mich gar nicht erst zur Kenntnis.

»Verzeiht mir, wenn ich ein derart festliches Ereignis störe, Euer Majestät«, begann der Mann, »aber es gibt da gewisse Angelegenheiten, die einer Besprechung bedürfen.«

»Zum Beispiel?«

»Mein Name ist Winkel-kat, und ich vertrete ein … nun, ein Konsortium von Geschäftsleuten. Ich wünsche mit einem Eurer Hofbeamten hinsichtlich einiger unserer Angestellten zu konferieren, die es verabsäumt haben, sich bei uns wieder zurückzumelden, nachdem sie in dieser Region unsere Interessen vertreten haben.«

Wie ich schon erwähnte, wurde ich immer geübter darin, »Bürokratisch« zu sprechen. Doch die Rede dieses Mannes machte mich völlig perplex.

»Ihr wollt was mit wem über wen?«

Der Mann seufzte und ließ einen Augenblick den Kopf hängen.

»Laßt es mich so ausdrücken«, sagte er schließlich. »Ich bin beim Syndikat und will mit Eurem Magiker Skeeve sprechen. Es geht um unsere Armee, Big Julies Jungs, die irgendwie plötzlich verschwunden ist, nachdem sie sich mit ihm angelegt haben. Versteht Ihr mich jetzt?«

VIII

»Suche dir deine Freunde mit Sorgfalt. Deine Feinde finden dich schon von allein!«

Y. Arafat

Schon wenige Tage nach der Ankunft von Königin Schierlingsfleck herrschte im Palast die heitere, entspannte Atmosphäre eines Schlachtfeldes am Abend vor dem Kampf. Das Gefolge der Königin und die Vertreter des Syndikats waren als »königliche Gäste« im Palast untergebracht worden, was mir, ob ich es nun wollte oder nicht, einen Zweifrontenkrieg einbrachte.

Königin Schierlingsfleck stellte kein unmittelbares Problem dar; sie hatte eher etwas von einer Zeitbombe. Da ich ausdrücklichen Befehl hatte, »aus dem Weg zu bleiben«, bekam ich sie nicht oft zu sehen, und selbst General Badaxe gab zu, daß sie, sollte sie mir tatsächlich nach dem Leben trachten, dies wohl erst nach der Hochzeit tun würde, wenn sie offiziell zur Königin von Possiltum gekrönt worden war. Dennoch: als der Tag der Hochzeit bedrohlich näher kam, wurde mir immer bewußter, daß man dieses Problem bald würde lösen müssen.

Die Vertreter des Syndikats dagegen stellten im Moment ein dringenderes Problem dar. Ich hatte ihnen für eine Weile den Wind aus den Segeln genommen, indem ich ihnen gesagt hatte, daß der Hofzauberer sich gegenwärtig nicht im Palast befände, daß man aber nach ihm geschickt habe; und ihnen anschließend, als Zeichen meines guten Willens, die Gastlichkeit des Palastes angeboten. Sie tranken nicht viel und gingen mir auch nicht mit Fragen über den Zeitpunkt von »Skeeves Rückkehr« auf den Wecker. Ich hegte jedoch nicht den leisesten Zweifel, daß ihre Geduld irgendwann erschöpft sein würde, und sie sich spätestens dann selbst auf die Suche nach dem Hofzauberer machen würden. Und ich hatte ebenfalls das Gefühl, das dieses »Irgendwann« schon recht bald sein würde.

Da ich jede nur erdenkliche Hilfe gebrauchen konnte, ließ ich Badaxe einen seiner Männer nach Big Julie schikken. Es gelang uns ohne große Schwierigkeiten, ihn in den Palast zu schmuggeln, und so hielten wir zu dritt Kriegsrat ab. Auf Badaxes Rat hin ließ ich sofort meine Tarnung fallen und brachte unseren Gast auf den neuesten Stand.

»Tut mir leid«, sagte Julie zur Eröffnung der Beratung, »aber ich wüßte nicht, wie ich euch helfen könnte, versteht ihr, was ich meine?«

Wirklich klasse! Soweit also zu Big Julies militärischem Genie!

»Ich würde euch ja gerne helfen«, erklärte er. »Ihr wart ziemlich gut zu mir und den Jungs. Aber ich hab mal für das Syndikat gearbeitet, versteht ihr? Ich weiß, wie die sind. Wenn die einem erst mal auf den Fersen sind, geben sie niemals auf. Das habe ich euch schon mal zu erklären versucht.«

»Ich begreife nicht, wo das Problem liegt«, rumpelte General Badaxe. »Sie sind schließlich nur zu dritt, und ihr Sprecher ist Zivilist vom Scheitel bis zur Sohle. Es wäre doch nicht weiter schwierig, dafür zu sorgen, daß sie niemandem etwas melden ... und zwar nie wieder.«

Big Julie schüttelte den Kopf.

»Du bist ein guter Mann, Hugh, aber du ahnst nicht, mit wem du es hier zu tun hast. Wenn der Suchtrupp des Syndikats verschwindet, dann wissen sie, daß hier was faul ist und setzen die Maschinerie erst richtig in Gang. Die Eintreiber auszuschalten, hält das Syndikat noch lange nicht von einem Eingriff ab ... es würde sie nicht einmal bremsen. Es würde alles sogar eher beschleunigen!«

Bevor Badaxe etwas erwidern konnte, unterbrach ich das Gespräch mit einigen Fragen.

»Einen Augenblick, Big Julie. Als wir uns das erste Mal trafen, hast du doch die größte Armee dieser Welt angeführt. Stimmt's?«

»Stimmt«, nickte er. »Wir waren ganz schön in Fahrt ... bis wir auf euch stießen.«

»... und wir haben euch nicht mit militärischen Mitteln gebremst. Wir haben euch lediglich die Möglichkeit gegeben, als Soldaten auszusteigen und euch als Bürger von Possiltum zur Ruhe zu setzen. Du und deine Jungs seid niemals im Kampf besiegt worden.«

»Wir waren die Besten«, pflichtete Big Julie mir voller Stolz bei. »Jeder, der sich mit uns anlegte, mußte sich mit eingeschlagenem Schädel zurückziehen , aber ohne den dazugehörigen Körper, wenn ihr versteht, was ich meine.«

»Warum habt ihr dann solche Angst vor dem Syndikat? Wenn die irgendwas versuchen sollten, könnten du und deine Jungs sich doch einfach mit General Badaxes Armee zusammentun und ihnen ein paar Lektionen erteilen, oder?«

Der Oberbefehlshaber a. D. seufzte schwer.

»So funktioniert das nicht«, sagte er. »Wenn die wie eine Armee hier reinmarschiert kämen, na schön, dann könnten wir dafür sorgen, daß sie schon bald Fersengeld geben.

Aber das werden sie nicht tun. Sie schleusen immer nur ein paar Muskelmänner auf einmal ein, die sich alle wunderbar höflich aufführen, so daß es nicht den geringsten Grund gibt, sie festzunehmen. Aber wenn erst mal genügend von ihnen da sind, fangen sie damit an, euren Bürgern auf die Füße zu treten. Nur Kleinigkeiten, aber ziemlich fiese. Wenn sich jemand bei euch beschwert, dann findet man ihn plötzlich tot auf, zusammen mit dem größten Teil seiner Familie. Schon bald fürchten sich eure Bürger alle mehr vor dem Syndikat als vor euch. Niemand beschwert sich, niemand sagt vor Gericht aus. Wenn das passiert, habt ihr auch kein Königreich mehr. Das Syndikat hat alles fest in der Hand, während ihr verhungert. Eine solche Invasion kann man nicht mit einer Armee bekämpfen. Man kann sie überhaupt nicht bekämpfen!«

Eine Weile saßen wir alle betreten schweigend da und wichen jeder dem Blick des anderen aus, während wir uns das Gehirn nach einer Lösung zermarterten.

»Was ich nicht verstehe«, sagte Badaxe schließlich, »ist: wenn dieses System, das du beschreibst, so effektiv und unaufhaltsam ist – warum haben sie sich dann überhaupt die Mühe gemacht, eine Armee zu unterhalten?«

»Ich geb's ja nicht gerne zu«, begann Big Julie und verzog das Gesicht, »aber wir waren so eine Art Experiment. Einige der Erbsenzähler beim Syndikat hatten es sich in den Kopf gesetzt, daß eine Armee zwar teurer wäre, daß die Mehrkosten jedoch durch eine schnellere Übernahme des Zielgebiets ausgeglichen würden. Um ganz ehrlich zu sein, ich finde das ganze Experiment war eine Riesenpleite.«

Das haute mich fast vom Stuhl.

»Soll das heißen, daß eure Armee wirtschaftlich gar nicht tragbar war?«

»Bis zu einem gewissen Punkt war sie das schon. Aber danach waren wir einfach zu groß. Es kostet einen Haufen Geld, eine Armee unter Waffen zu halten, und am Ende war es soweit, daß es mehr Geld brauchte, meine Jungs für eine Woche zu bezahlen, als wir aus den Königreichen herausholen konnten, die wir eroberten. Ich glaube, die wollten uns sowieso bald loswerden ... deshalb hat es auch so lange gedauert, bis sie gekommen sind, um nach ihrer Armee zu suchen.«

Ich schüttelte heftig den Kopf.

»Diese Gedankengänge verstehe ich nicht, Big Julie. *Weshalb* haben sie die Suche hinausgezögert?«

»Geld«, sagte er entschieden. »Ich will euch was sagen, nichts läßt die Großen Bosse so sehr die Ohren spitzen und aufmerksam werden, als wenn es um knallhartes Bargeld geht. Ich meine, was Geldgier angeht – die haben diese Burschen erfunden!«

»Hört sich nach Grimble an«, brummte Badaxe. »Gibt es denn niemanden mehr, der etwas nur wegen der guten alten Rache tut?«

»Genug, General«, schnitt ich ihm das Wort ab und beugte mich vor. »Erzähl weiter, Big Julie. Was hat Geld damit zu tun?«

»Na ja, so, wie ich die Sache sehe, hatte das Syndikat damals bereits Geld durch uns verloren, klar? Für mich bedeutet das, daß sie nicht vorhatten, schlechtem Geld gutes hinterher zu werfen. Ich meine, warum sollte man noch mehr Geld dafür ausgeben, eine Armee ausfindig zu machen, die, wenn man sie schließlich gefunden hat, nur noch mehr Geld kosten würde?«

»Ja, aber jetzt sind sie trotzdem hier.«

»Genau. Und gerade jetzt wird Possiltum plötzlich sehr

reich. Mir scheint, die Großen Bosse haben eine Möglichkeit entdeckt, ein paar alte Rechnungen zu begleichen und gleichzeitig noch Gewinn zu machen.«

»Die Hochzeit!« sagte ich. »Das hätte ich mir denken können. Das bedeutet: Wenn ich die Hochzeit absage, kann ich gleich zwei Probleme auf einmal beseitigen: Königin Schierlingsfleck und das Syndikat!«

Badaxe musterte mich finster.

»Ich dachte, diese Möglichkeit hätten wir bereits ausdiskutiert. Erinnert Ihr Euch noch an Grimble und an die Bürger von Possiltum?«

Ohne nachzudenken hieb ich mit der flachen Hand auf die Tischplatte.

»Würdet Ihr gefälligst Grimble und die Bürger von Possiltum mal vergessen? General, ich bin es leid, in einer engen Schachtel leben zu müssen, und irgendwie werde ich mir den Weg schon freisprengen!«

An dem Gesichtsausdruck meiner Berater erkannte ich, daß ich wohl etwas lauter gesprochen haben mußte, als ich eigentlich vorgehabt hatte. Ich strengte mich an, meine Stimmung und meinen Ton zu mildern.

»Hört mal, General ... Hugh«, begann ich vorsichtig. »Ihr mögt ja vielleicht an Befehle gewöhnt sein, aber für mich ist so etwas neu. Ich bin schließlich ein Magiker, erinnert Ihr Euch? Verzeiht mir, wenn ich ein bißchen gereizt reagiere, während ich versuche, eine Lösung für das Problem zu finden, daß Euer ... ich meine, *unser* König mir eingebrockt hat. In Ordnung?«

Er nickte knapp, aber seine Miene entspannte sich nicht.

»Nun haben Eure Ausführungen durchaus ihre Pluspunkte«, fuhr ich fort, »aber Ihr habt auch ein paar Kleinigkeiten übersehen. Erstens ist Grimble gar nicht da. Wenn er zurückkommt, *sofern* das überhaupt geschieht, wird er den König im Schlepptau haben, und dann kann Freund Rodrick das Problem für uns lösen ... wenigstens das Problem mit der Königin. Und was die Bürger von Possiltum angeht ... unter uns gesagt bin ich beinahe eher dazu bereit, mich mit ihren Protesten auseinanderzusetzen, als mich mit Königin Schierlingsfleck abgeben zu müssen. Wenn man nun die Enttäuschung unseres Volkes darüber, daß alles beim alten bleibt, dagegen aufwiegt, daß sowohl die Königin als auch das Syndikat sich auf Dauer hier einnisten – zu welchem Schluß gelangt man dann? Wobei wir natürlich immer an das Wohl des Königreichs denken wollen!«

Der General dachte nach und seufzte schließlich schwer.

»Ich war noch nie begeistert von dieser Heirat«, gab er zu.

»Einen Augenblick mal, Jungs!« sagte Big Julie und hob matt die Hand. »Ganz so einfach ist das nicht. Diese Geldgeschichte hat das Syndikat vielleicht ein bißchen gebremst, aber jetzt, da es schon einmal hier ist, sind da noch ein paar andere Sachen, die es gerne geklärt hätte.«

»Zum Beispiel?« fragte ich, die Antwort bereits fürchtend.

»Na ja, da sind zum Beispiel meine Jungs und ich. Niemand kann beim Syndikat einfach so kündigen und abhauen, müßt ihr wissen. Die Lohntarife beim Syndikat sind zwar gewaltig, aber die Pensionierungsbestimmungen faßt niemand auch nur mit der Kneifzange an.«

»Ich dachte, sie wollten ihre Armee gar nicht mehr«, knurrte Badaxe.

»Als Armee vielleicht nicht, aber Personal können sie immer gebrauchen. Wahrscheinlich würden sie uns auflösen und an verschiedene Positionen innerhalb ihrer Organisation versetzen.«

»Wärst du denn bereit, wieder für sie zu arbeiten?«

Big Julie rieb sich das Kinn, während er über die Frage des Generals nachdachte.

»Ich müßte erst mit den Jungs darüber sprechen«, meinte er. »Wie ich schon sagte, dieses Königreich ist verdammt gut zu uns gewesen. Es würde mir in der Seele wehtun, wenn ihm nur deswegen etwas zustieße, weil wir hier sind ... vor allem dann, wenn wir im Endeffekt sowieso wieder für sie arbeiten müßten.«

»Nein«, sagte ich knapp.

»Aber ...«

»Ich habe nein gesagt! Big Julie, du hast ein Abkommen mit Possiltum. Und was noch wichtiger ist, du hast ein Abkommen mit mir. Wir werden dich nicht dem Syndikat ausliefern, bevor wir nicht alles getan haben, um euch zu schützen.«

»Und wie habt Ihr vor, sie vor dem Syndikat zu schützen?« fragte Badaxe sarkastisch.

»Das weiß ich noch nicht. Ich denke gerade darüber nach. Vielleicht können wir sie bestechen. Ihnen Königin Schierlingsfleck als Geisel anbieten oder so.«

»Sire Magiker!«

»Na schön, na schön, ich sagte doch, daß ich noch darüber nachdenke, nicht? Was noch, Big Julie? Du hast gesagt, daß sie noch mehrere andere Sachen wollten außer Geld.«

»Dich«, erwiderte er geradeheraus. »Das Syndikat wird nicht glücklich sein, bevor es den Großen Skeeve, Hofzauberer von Possiltum, hat.«

»Mich?« fragte ich kleinlaut.

»Das Syndikat ist nicht dadurch an die Spitze gekommen, daß es die Konkurrenz ignoriert hat. Du hast mit deiner Arbeit ganz schön viel Staub aufgewirbelt, und der größte Coup war es, aus ihrer Sicht, daß du ihre Armee hast verschwinden lassen. Sie wissen, daß du eine große Nummer bist. Groß genug, um eine Bedrohung für sie darzustellen. Sie werden dich neutralisieren wollen. Ich schätze, sie werden versuchen, dich anzuheuern, oder, wenn das nicht klappt, mit dir einen Nichtangriffspakt zu schließen.«

»Und wenn das auch nicht klappt ...?« fragte Badaxe und sprach mir damit aus der Seele.

Big Julie zuckte die Schultern.

»Wenn das auch nicht klappt, werden sie alles versuchen, um dich umzubringen.«

IX

»Ich kann mir gar nicht vorstellen, weshalb man nervös sein sollte, nur weil man eine königliche Hoheit aufsucht.«

Rumpelstilzchen

»Aber warum muß *ich* denn mitkommen?« protestierte Badaxe, der neben mir herschritt, während wir auf die Gemächer der Königin zusteuerten.

»Nennt es moralischen Rückhalt«, knurrte ich. »Außerdem will ich einen Zeugen dafür haben, daß ich die Gemächer der Königin betreten habe ... und wieder herausgekommen bin, falls Ihr versteht, was ich meine.«

»Aber wenn es doch bloß eines unserer Probleme löst ...«

»... dann ist das immerhin ein Problem weniger für uns. Pst! Wir sind da.«

Ich hatte wieder meine Rodricktarnung angelegt. In Gegenwart des Generals genügte dies, um die Ehrengarde vor den Gemächern der Königin bei unserem Anblick strammstehen zu lassen. Ich ignorierte sie und hämmerte gegen die Tür, obwohl ich einen Augenblick lang darüber nachdachte, daß ich vor gar nicht allzu langer Zeit noch gemeint hatte, daß das größte Problem eines Königs die Langeweile sei!

»Verdammt noch mal!« gellte eine schrille Stimme im Zimmer. »Könnt Ihr Wachen eigentlich *nichts* richtig machen! Ich habe doch ausdrücklich befohlen, daß ich nicht gestört werden will!«

Einer der Posten rollte verzweifelt mit den Augen. Ich gewährte ihm ein mitfühlendes Lächeln, dann blickte ich Badaxe mit hochgezogener Augenbraue an.

König Rodrick der Fünfte wünscht eine Audienz bei Königin Schierlingsfleck!« bellte er.

»Das läßt sich wahrscheinlich einrichten«, lautete die Antwort. »Wie wär's gleich morgen früh?«

»Jetzt«, sagte ich.

Es war nicht sonderlich laut, aber es mußte wohl deutlich zu hören gewesen sein. Wenige Herzschläge später sprang die Tür auf und enthüllte Königin Schierlingsfleck ... und das meine ich ganz wörtlich. Ich kann ihre Kleidung leider nicht beschreiben, weil sie keine anhatte. Nicht einen einzigen Fetzen!

»Roddie!« zwitscherte sie und ignorierte die Wachen und Badaxe, die angesichts ihrer Nacktheit Stielaugen bekamen. »Komm doch rein. Was um alles in der Welt machst du hier?«

»Wartet auf mich«, wandte ich mich an Badaxe im befehlendsten Ton, dessen ich fähig war.

»Ge... gewiß, Euer Majestät!« erwiderte er und riß seinen Blick von der Königin los, um strammzustehen.

Damit betrat ich das Lager der Königin.

»Na, was hast du für mich?« Sie schloß die Tür und lehnte sich dagegen. Durch diese Bewegung zeigte sie deutlich auf mich, obwohl sie die Hände hinter dem Rükken hielt.

»Wic bittc?«

»Die Audienz«, erklärte sie. »Du wolltest sie, jetzt hast du sie. Was ist los?«

Irgendwie empfand ich diese Frage unter den gegebenen Umständen als etwas peinlich.

»Ich ... äh ... ich meine ... könntest du dir vielleicht etwas anziehen? Ich empfinde deine Kleidung, beziehungsweise deren Nichtvorhandensein, als ziemlich ablenkend.«

»Na schön. Aber es ist *wirklich* tierisch heiß hier drin.«

Sie huschte durchs Zimmer und holte ein winziges Etwas, in das sie zwar hineinschlüpfte, ohne es jedoch völlig zu schließen.

»Gleich nach der Hochzeit«, verkündete sie, »will ich, daß das Fenster vergrößert wird. Oder, noch besser, daß die ganze Wand rausgerissen wird. Irgendwas, Hauptsache, hier kann ein bißchen gelüftet werden.«

Sie ließ sich in einen Sessel fallen und winkelte die Beine an. Das verminderte meine Verlegenheit zwar, aber nicht wesentlich.

»Ähh ... eigentlich bin ich gerade deswegen gekommen.«

»Wegen des Fensters?« Sie runzelte die Stirn.

»Nein. Wegen der Hochzeit.«

Daraufhin runzelte sie die Stirn noch etwas mehr.

»Ich dachte, wir hätten uns darauf geeinigt, daß ich sämtliche Hochzeitsvorbereitungen in die Hand nehme. Na schön, wenn du irgendwelche besonderen Änderungswünsche haben solltest, es ist noch nicht zu spät, um ...«

»Das ist es nicht«, unterbrach ich sie hastig. »Es ist ... nun, mir ist zu Ohren gekommen, daß die hohen Preise, die Possiltum deinem Reich für Nahrungsmittellieferungen abverlangt, dich zu dieser Hochzeit bewegt haben. Da ich nicht wünsche, daß du unter einem solchen Druck eine Bindung eingehen mußt, habe ich beschlossen, unsere Preise zu halbieren, wodurch die Notwendigkeit unserer Hochzeit hinfällig wird.«

»Ach, Roddie, sei doch nicht albern. Das ist doch nicht der Grund, weshalb ich dich heirate!«

Anstatt empört zu reagieren, schien die Königin von meinem Vorschlag amüsiert zu sein.

»Nicht?«

»Natürlich nicht. Sackgaß ist so reich, daß wir eure Jahresernte auch zum doppelten Preis aufkaufen könnten, wenn wir wollten, ohne daß es unser Budget auch nur im geringsten schmälern würde.«

Mir sank das Herz in die Hosentasche.

»Dann *willst* du diese Heirat wirklich. Du wirst also nicht aus politischen Gründen dazu gezwungen?«

Die Königin lächelte mich mit blitzenden Zähnen kurz an.

»Natürlich gibt es politische Gründe dafür. Ich meine, wir sind schließlich Könige, nicht wahr? Ich bin überzeugt davon, daß du ein recht netter Bursche bist, aber ich kann soviele nette Burschen haben, wie ich will, *ohne* sie heiraten zu müssen. Königliche Hoheiten heiraten keine Leute, sondern Machtblöcke.«

In dem was sie sagte, schien ein Hoffnungsschimmer aufzuleuchten, und ich stürzte mich mit voller Kraft darauf.

»... was uns zum zweiten Grund führt, weshalb wir die Hochzeit absagen sollten«, sagte ich großspurig.

Das Lächeln der Königin erstarb.

»Was soll das heißen?« fragte sie in scharfem Ton.

Als Antwort hob ich meinen Tarnzauber auf.

»Weil ich gar keine königliche Hoheit bin. Weil ich zu den Leuten gehöre.«

»Ach so, das«, meinte die Königin achselzuckend. »Kein Problem. Das habe ich schon die ganze Zeit gewußt.«

»Das hast du gewußt?« keuchte ich.

»Na klar. Du warst verlegen ... zweimal. Einmal, als ich im Palast eintraf, und dann gerade eben noch einmal, als ich im Evakostüm die Tür öffnete. Könige sind nicht verlegen. Das liegt ihnen im Blut. Ich wußte die ganze Zeit, daß du nicht Rodrick bist. Ich vermute, du bist der Große Skeeve, der Hofzauberer, nicht wahr? Der die Gestaltwandlung beherrscht?«

»Na ja, es ist eher ein Tarnungszauber und keine Gestaltwandlung, aber abgesehen davon hast du recht.«

Wenn ich an Badaxe und an Königin Schierlingsfleck dachte, begann ich mich zu fragen, ob überhaupt irgend jemand auf meinen Tarnzauber hereingefallen war.

Die Königin erhob sich aus ihrem Sessel und begann im Zimmer auf und ab zu schreiten, ohne ihre Blöße zu beachten, die bei jeder Bewegung aus ihrer Umhüllung hervorlugte.

»Die Tatsache, daß du nicht der König bist, verändert meine Lage nicht, sie verbessert sie höchstens noch. Solange du deine Verkleidung gut genug aufrechterhalten kannst, um den Pöbel zu täuschen, heirate ich gleich zwei Machtblöcke statt einen.«

»Zwei Machtblöcke«, wiederholte ich tonlos.

»Ja. Als König von Possiltum beherrscht du den ersten Block, auf den ich es abgesehen hatte: Land und Leute. Sackgaß ist nicht groß genug, um einen Angriffskrieg führen zu können, aber indem wir die Kräfte der beiden Königreiche vereinen, werden wir unschlagbar. Mit deinen Armeen und meinem Kapital im Hintergrund kann ich so weit ausholen, wie ich möchte, und das ist *sehr* weit, das kann ich dir sagen. Es gibt nichts Besseres, als in einem Tal aufzuwachsen, in dem man immer nur die gegenüberliegende Seite des Tals zu sehen bekommt, um den eigenen

Appetit auf neue und ungewöhnliche Gegenden anzuheizen.«

»Die meisten Leute geben sich mit Reisen zufrieden«, entgegnete ich. »Man braucht ein Land doch nicht zu erobern, wenn man es kennenlernen möchte.«

»Süß«, höhnte Königin Schierlingsfleck. »Naiv, aber süß. Sagen wir doch einfach, daß ich nicht die meisten Leute bin, in Ordnung? Was nun die zweite Machtbasis angeht, so bist das du samt deiner Magik. Das ist ein Bonus, mit dem ich nicht gerechnet hatte, aber ich bin sicher, daß ich meine Pläne entsprechend ausweiten kann, um ihn zu meinem Vorteil miteinzubeziehen, wenn man mir ein, zwei Tage Zeit dazu läßt.«

Ich hatte einmal geglaubt, daß ich vor Massha Angst hätte. Jetzt im nachhinein merkte ich, daß Massha mich nur leicht in Verlegenheit gebracht hatte. Bei diesem Gespräch mit Königin Schierlingsfleck erfuhr ich, was Angst wirklich bedeutet! Sie war nicht nur eine Mörderin, wie Badaxe vermutet hatte. Sie war das absolute Chaos, das nur darauf wartete, auf die Welt losgelassen zu werden. Das einzige, was zwischen ihr und den für die Verwirklichung ihrer Träume erforderlichen Hilfsmitteln stand, war ich. Ich, und vielleicht …

»Was ist mit König Rodrick?« platzte es aus mir heraus. »Wenn er wieder auftauchen sollte, dann gelten wieder die ursprünglichen Heiratsvereinbarungen.«

»Soll das heißen, daß er noch am Leben ist?« rief sie und hob eine schmale Augenbraue, während sie mich ansah. »Ich habe dich wohl überschätzt, Skeeve. Wenn er noch lebt, könnte er tatsächlich zum Problem werden. Aber keine Sorge. Ich werde meiner Eskorte auftragen, ihn sofort umzubringen, sobald sie ihn sehen, sofern er vor der Hochzeit auftauchen sollte. Danach wäre es ein Leichtes, ihn zum Hochstapler zu erklären und offiziell hinrichten zu lassen.«

Wunderbar. Dank meiner großen Klappe würde Massha in eine Falle laufen, wenn sie versuchen sollte, mit dem König zusammen ins Schloß zurückzukehren. Wenn Königin Schierlingsflecks Männer ihn dabei bemerkten ...

»Einen Augenblick mal!« rief ich. »Wenn ich als König getarnt herumlaufe, was soll denn dann deine Männer davon abhalten, aus Versehen mich zu ermorden?«

»Hmm. Gut, daß dir das noch rechtzeitig eingefallen ist. Na schön! Wir werden folgendes tun.«

Sie verschwand in ihrer Garderobe und tauchte mit einem purpurnen Band wieder auf.

»Trag das immer, wenn du dich außerhalb deiner Gemächer bewegst«, wies sie mich an und drückte es mir in die Hand. »Ich werde meine Männer wissen lassen, daß du der Mann bist, den ich heiraten will, und nicht ihr Zielobjekt.«

Ich stand mit dem Band in der Hand da.

»Gehen Euer Majestät nicht vielleicht von einer etwas gewagten Vermutung aus?«

»Was soll das heißen?« fragte sie mit gefurchter Stirn.

»Daß ich dich vielleicht gar nicht heiraten will, zum Beispiel?«

»Aber natürlich willst du das«, lächelte sie. »Den Thron von Possiltum hast du doch schon. Wenn du mich heiratest, kommst du nicht nur an meine Schatzkammer, du wirst auch dein anderes Problem los.«

»Mein anderes Problem?«

»Das Syndikat, Dummchen. Weißt du noch! Ich bin doch zusammen mit seinen Vertretern hier eingetroffen. Mit meinem Geld kannst du dich von ihnen freikaufen. Die vergessen alles, solange die Bezahlung stimmt. Ist es da nicht besser, mein Mann zu sein, als den Rest deines Lebens vor der Rache des Syndikats *und* vor der meinen davonlaufen zu müssen?«

Darauf hätte ich zwar eine Antwort gewußt, aber in einem Anfall von Intelligenz behielt ich sie lieber für mich. Statt dessen verabschiedete ich mich von ihr und ging.

»Eurem Gesichtsausdruck entnehme ich«, bemerkte Badaxe trocken, »daß Eure Unterredung mit der Königin nicht eben ein Bombenerfolg war.«

»Erspart mir bitte jedes ›Das-habe-ich-doch-gleich-gesagt‹, General«, fuhr ich ihn an. »Wir haben etwas zu erledigen.«

Ich warf schnell einen Blick den Gang rauf und runter und zerschnitt mein purpurnes Band an der Klinge seiner Streitaxt.

»Haltet Ausschau nach Massha und dem König«, wies ich ihn an. »Wenn Ihr sie seht, sorgt dafür, daß Rodrick das hier trägt. Das wird ihm den Zugang zum Palast erheblich erleichtern.«

»Aber wo wollt Ihr denn hin?«

Ich gewährte ihm ein freudloses Lächeln.

»Mit den Vertretern des Syndikats sprechen. Königin Schierlingsfleck war so huldvoll, mir zu sagen, wie ich mit ihnen umspringen soll.«

X

»Wenn man in Verhandlungen eintritt, ist überlegene Feuerkraft ein unschätzbarer Vorteil.«

G. Patton

Man hatte die Vertreter des Syndikats in einem der weniger häufig besuchten Winkel des Palastes untergebracht. Theoretisch sollte sie dies vom Zentrum der Geschehnisse fernhalten, bis Badaxe und ich uns überlegt hatten, was wir mit ihnen machen wollten. Das bedeutete, daß ich nun, da ich bereit war, mich ihnen zu stellen, einen fürchterlich langen Weg zurücklegen mußte, um ans Ziel zu gelangen.

Als ich endlich die richtige Tür erreichte, war ich derart aus der Puste, daß ich schon Zweifel hegte, ob ich überhaupt noch dazu in der Lage war, mich selbst anzukündigen. Dennoch hatte sich während des Marsches in mir eine ziemliche Wut gegen das Syndikat aufgestaut. Ich meine, für wen hielten die sich eigentlich, einfach hier aufzukreuzen und mein Leben auf diese Weise durcheinander zu bringen? Außerdem hatte mich Königin Schierlingsfleck zu sehr enerviert, als daß ich etwas gegen sie zu unternehmen imstande gewesen wäre, so daß mir nun als einzige Zielscheibe meiner Frustration das Syndikat blieb.

Dies im Sinn, holte ich tief Luft und klopfte an die Tür.

Ich hätte mir gar keine Sorgen darüber machen zu brauchen, ob ich dazu fähig war, meine Ankunft anzukündigen. Zwischen dem zweiten und dem dritten Klopfen ging die Tür einen Spalt auf. Mein dritter Schlag traf die Tür, bevor ich ihn abbremsen konnte, doch sie rührte sich nicht mehr.

»He, Winkel-kat! Das ist der König!«

»Dann laß ihn gefälligst rein, du Idiot!«

Die Tür wurde weit aufgerissen und gab den Blick auf einen von Winkel-kats massigen Leibwächtern frei, dann ging sie noch weiter auf, damit ich an ihm vorbeischlüpfen konnte.

»Tretet ein, Euer Majestät«, sagte der Vertreter des Syndikats und eilte mir entgegen, um mich zu begrüßen. »Trinkt doch einen Schluck mit uns ... Blödmann! Hol dem König was zu trinken!«

Letzteres war an den zweiten massigen Muskelmann gerichtet, der sich nun vom Bett erhob, auf dem er sich herumgefleżt hatte. Mit selbstbewußter Miene hob er das Bett mit einer Hand hoch, setzte es wieder ab, hob als nächstes die Matratze hoch und holte eine kleine, flache Flasche darunter hervor.

Ich überlegte kurz, ob es dies war, was Big Julie gemeint hatte, als er von der Gepflogenheit des Syndikats berichtet hatte, »auf Matratzenhorchdienst« zu gehen. Irgendwie hatte dieser Ausdruck vor meinem geistigen Auge immer ganz andere Bilder entstehen lassen ... Bilder, die irgendwie mit Frauen zu tun hatten.

Winkel-kat nahm dem Leibwächter die Flasche aus der Hand, öffnete den Verschluß und bot sie mir an, während er unablässig lächelte.

»Gehe ich recht in der Annahme, daß Euer Majestät Besuch ein Hinweis darauf ist, daß es Neuigkeiten hinsichtlich des Verbleibs des Hofzauberers Euer Majestät gibt?

Vielleicht sogar eine Nachricht, wann wohl mit seiner Rückkehr zu rechnen ist?«

Ich nahm die Flasche an und überprüfte dabei verstohlen die Position der Leibwächter, bevor ich auf seine Frage antwortete. Einer lehnte an der Zimmertür, während der andere neben dem Bett stand.

»Ich kann sogar noch Besseres bieten. Der Große Skeeve ...«

Ich schloß die Augen und hob meinen Tarnzauber auf.

»... ist hier.«

Die Leibwächter zuckten merklich zusammen, als sie meine Verwandlung bemerkten, doch Winkel-kat wirkte völlig ungerührt, nur seine Augen verengten sich eine Spur, und sein Lächeln wurde etwas verspannter.

»Ich verstehe. Das vereinfacht die Dinge ein wenig. Jungs, gebt dem Großen Skeeve hier einen Stuhl. Wir haben einige geschäftliche Dinge zu besprechen.«

Sein Tonfall war gar nicht angenehm, und auch die Leibwächter lächelten nicht, als sie auf mich zukamen.

Erinnern Sie sich noch, wie Rupert mich so leicht aus der Fassung gebracht hat? Nun, er hatte mich überrumpelt und war mir an magischer Praxis um gute dreihundert Jahre voraus gewesen. Irgendwie war ich von der Reaktion der Leibwächter nicht sonderlich überrascht ... Im Gegenteil: Ich hatte sogar damit gerechnet und meine Kräfte im Hinblick auf ebendiesen Moment gesammelt.

Mit einer theatralischen Geste und der noch viel wichtigeren Konzentration meiner mentalen Energien riß ich die Männer von den Beinen und ließ sie durch die Luft wirbeln. Herrje, ich hatte nichts dagegen, eine neue Idee, die Einsatzmöglichkeiten der Levitation betreffend, zu klauen ... selbst wenn sie von Rupert stammte.« Allerdings legte ich, jedenfalls was meine Arbeit betraf, durchaus auch Wert auf Originalität, und so ließ ich die beiden nicht mit dem Schädel auf den Boden prallen, sondern schlug sie vielmehr gegen die Decke, wo ich sie dann auch schweben ließ.

»Nein, danke«, sagte ich so gelassen ich konnte. »Ich stehe lieber.«

Winkel-kat musterte seine hilflosen Beschützer und warf mir schließlich einen harten Blick zu.

»Vielleicht ist die Sache doch nicht ganz so einfach, wie ich dachte«, gab er zu. »Sagen Sie mal, Sie besitzen doch ein Einhorn, nicht wahr?«

»Das ist richtig«, bestätigte ich, von dem plötzlichen Themenwechsel etwas überrascht.

»Ich nehme nicht an, daß es Sie sonderlich in Angst und Schrecken versetzen würde, wenn Sie eines Morgens aufwachten und es in Ihrem Bett wiederfänden ... nicht das ganze natürlich, nur den Kopf?«

»Ob mir das Angst machen würde? Nein, nicht besonders. Ich bin mir sogar ziemlich sicher, daß mich das derart in Rage versetzen würde, daß ich mit den Spielereien aufhören und endlich zur Sache kommen würde.«

Der Syndikatssprecher seufzte schwer.

»Na gut, damit wäre die Sache also erledigt. Wenn wir kein Geschäft miteinander machen können, müssen wir es wohl auf die harte Tour versuchen. Sie können die Jungs jetzt wieder runterlassen. Wir reisen morgen früh ab.«

Diesmal war es an mir zu lächeln.

»Nicht so hastig. Wer hat denn gesagt, daß ich kein Geschäft machen will?«

Zum ersten Mal, seit ich ihm begegnet war, wirkte Winkel-kat erschüttert.

»Aber ... ich dachte ... wenn Sie doch fähig sind ...«

»Man sollte nie für andere mitdenken, Winkel-kat. Bei Geschäftsleuten ist das eine unkluge Angewohnheit. Ich mag es nur nicht, wenn man mich herumschubst, das ist alles. Und nun haben wir, wie Sie vorhin schon so richtig bemerkten, geschäftliche Dinge zu besprechen.«

Er warf einen nervösen Blick an die Decke.

»Äh ... könnten Sie die Jungs vielleicht vorher runterlassen? So wirkt es ein bißchen störend.«

»Aber natürlich.«

Ich schloß die Augen und hob den Zauber auf.

Nun muß ich, anders als beim Tarnzauber, nicht unbedingt die Augen schließen, um einen Levitationszauber aufzuheben. Ich wollte bloß nicht das Ergebnis mitansehen müssen.

Der Raum bebte, als zwei laute Aufpralle ertönten. Ich konnte deutlich hören, wie das Bett die Form von Brennholz annahm.

Vorsichtig öffnete ich ein Auge.

Einer der Leibwächter war bewußtlos. Der andere wälzte sich am Boden und stöhnte matt.

»Sie sind unten«, bemerkte ich überflüssigerweise.

Winkel-kat ignorierte mich.

»Große böse Leibwächter! Wartet nur ab, bis die Großen Bosse erfahren, wie wirkungsvoll dämliche Muskelpakete gegenüber Magik sind!«

Er machte eine Pause, um dem Stöhnenden einen Tritt in die Seite zu verpassen.

»Stöhn gefälligst leiser! *Mister* Skeeve und ich wollen uns unterhalten!«

Nachdem ich bereits ein Abenteuer überstanden hatte, in dessen Verlauf ich mir die Armee einer großen Organisation zum Feind gemacht hatte, war ich nicht sonderlich erpicht darauf, meine ohnehin ständig wachsende Liste persönlicher Feinde auch noch durch einen kompletten Berufsstand von Schlägern zu erweitern.

»War nicht persönlich gemeint«, rief ich dem Leibwächter zu, der noch bei Bewußtsein war. »Da! Trink einen Schluck!«

Ich levitierte die Flasche zu ihm hinüber, und er fing sie mit einem schwachen Stöhnen auf, das ich als »Danke« zu interpretieren beschloß.

»Sie sagten etwas von einem Geschäft?« fragte Winkelkat und wandte sich wieder mir zu.

»Genau. Wenn ich die Lage richtig einschätze, dann will das Syndikat drei Dinge: Es will Big Julies Armee zurück, mich selbst tot oder als Angestellter in seinem Sold, und es trachtet nach dem neuen Geld, das nach der Hochzeit in Possiltum einströmt.«

Der Syndikatssprecher legte den Kopf schräg.

»Das ist zwar etwas drastischer ausgedrückt, als ich es selbst formuliert hätte, aber Sie scheinen im Prinzip verstanden zu haben, welches Anliegen meine Klienten haben. Mein Kompliment Ihrer knappen und präzisen Zusammenfassung.«

»Hier ist noch eine knappe und präzise Zusammenfassung, die dazu gehört: Hände weg von Big Julie und seiner Mannschaft; er steht unter meinem Schutz. Das gilt auch für Possiltum, mein Revier. Haltet euch da raus, sonst kommt euch das weitaus teurer zu stehen und kostet euch mehr, als es euch jemals einbringen wird. Was meine Dienste anbelangt, so steht mir nicht der Sinn danach, Angestellter des Syndikats zu werden. Ein gelegentlicher Kontrakt zu einem vorher vereinbarten Honorar wäre zwar nicht ausgeschlossen, aber eine regelrechte Anstellung ist nicht drin.«

Der Syndikatssprecher war wieder in seinem Element. Seine Miene war wie versteinert und völlig reglos.

»Das hört sich aber nicht nach einem besonders guten Geschäft an.«

»Nicht?«

Rasch ging ich im Geiste noch einmal die Bedingungen durch.

»Ach so! Entschuldigen Sie! Ich habe versäumt, Ihnen einen weiteren wichtigen Bestandteil meines Angebots mitzuteilen. Ich erwarte von Ihren Auftraggebern nicht, daß sie ohne jede Gegenleistung von ihren Zielen Abstand nehmen. Was mir vorschwebt, ist ein Tausch: eine Armee und möglicherweise ein Königreich gegen die Möglichkeit, eine komplette Welt auszubeuten.«

Winkel-kat hob die Augenbrauen.

»Sie wollen uns eine ganze Welt anbieten? Einfach so? Sire Magiker, ich glaube, Ihr spielt nicht gerade sehr vorsichtig.«

»Ich habe nicht gesagt, daß ich Ihnen eine Welt anbiete, ich biete Ihnen den *Zugang* zu einer Welt. Brandneues Gebiet mit reichlich Handel und Leuten, die man ausbeuten kann. Eines der reichsten im ganzen Universum.«

Der Sprecher furchte die Stirn.

»Eine andere Welt? Und ich soll mich wohl auf Ihr Wort verlassen, daß sie reich ist, und daß Sie uns Zugang zu ihr verschaffen können?«

»Das wäre nett, aber ich würde nicht einmal in meinen naivsten Augenblicken daran glauben, daß Sie auf ein solches Angebot ohne jede Prüfung eingehen würden. Nein, ich bin bereit, Sie zu einer kleinen Besichtigungsreise auf diese Welt mitzunehmen, damit Sie sich selbst einen Einblick verschaffen können.«

»Einen Moment!« Winkel-kat hob die Hand. »Das liegt derart weit außerhalb meiner Handlungsvollmachten, daß ich selbst dann noch, wenn mir das, was ich dort sähe, gefallen sollte, kein Abkommen darüber schließen könnte. Für eine solche Entscheidung muß ich schon einen der Großen Bosse herbringen.«

Das war ja noch besser, als ich zu hoffen gewagt hatte. Bis er einen höheren Chargen aus der Syndikatshierarchie hierhergeschafft hatte, würde ich mich um einige meiner anderen Probleme kümmern können.

»Schön. Dann gehen Sie und holen Sie ihn. Ich werde das Angebot bis zu Ihrer Rückkehr aufrechthalten.«

Der Sprecher gönnte mir ein schmallippiges Lächeln, wie es für ihn typisch war.

»Warten wird nicht nötig sein«, meinte er. »Mein unmittelbarer Vorgesetzter steht für derlei Notfälle stets auf Abruf bereit.«

Bevor ich etwas entgegnen konnte, öffnete er seine Gürtelschnalle und rieb daran, während er halblaut etwas vor sich hin murmelte.

Ein plötzlicher Lichtblitz, und schon erschien ein alter Mann mit haarigen Wangen im Raum. Er blickte sich um, erspähte die beiden am Boden liegenden Leibwächter und fuhr sich in übertriebenem Entsetzen mit den Händen ans Gesicht.

»Gnade!« keuchte er mit einer Stimme, die so heiser war, daß ich ihn kaum verstehen konnte.

»Winkel-kat, du böser, böser Junge! Du hättest mich früher rufen sollen, als es Ärger gegeben hat. Ach, die armen, armen Jungen!«

Die Miene des Syndikatssprechers war wieder völlig ausdruckslos und steinern, als er sich zu mir umwandte.
»Skeeve, Hofzauberer von Possiltum, ich möchte Ihnen Don Bruce vorstellen, den Guten Paten des Syndikats.«

XI

»Ich will dir was sagen: Ich werde dir das Geschäft ein wenig versüßen …«

Mephistopheles

»Oh! Das ist ja einfach *wunderbar!* Wer hätte das gedacht … eine andere Dimension, sagen Sie?«

»Richtig«, entgegnete ich beiläufig. »Sie heißt Tauf.«

Natürlich war ich völlig Don Bruces Meinung. Der Bazar von Tauf war wirklich etwas Besonderes, und jedesmal, wenn ich ihn besuchte, war ich aufs neue beeindruckt. Er bestand aus einem unglaublichen Wirrwarr von Zelten und Ausstellungsständen, die sich so weit in alle Richtungen erstreckten, wie das Auge reichte, vollgepackt mit genügend magischen Geräten und Wesen, um Phantasie und geistige Gesundheit auf eine harte Probe zu stellen. Er war der Hauptknotenpunkt des interdimensionalen Handels. Hier gab es alles, was Geld oder Kredit ermöglichen konnten.

Diesmal war jedoch ich das erfahrenste Mitglied der Expedition. So gerne ich auch herumgestreunt wäre und in den Waren gestöbert hätte, war es doch wichtiger, daß ich gelangweilt und welterfahren tat … oder außerwelterfahren, je nachdem.

Don Bruce führte die Parade an, mit großen Kulleraugen wie ein Bauernbursche bei seinem ersten Stadtbesuch, während Winkel-kat, seine beiden Leibwächter und ich selbst ihm folgten. Die Leibwächter schienen mehr Gefallen daran zu finden, sich um mich zu drängen, als ihre Vorgesetzten zu beschützen, aber schließlich hatten sie ja auch einige üble Erfahrungen mit Magik machen müssen.

»Die Leute hier sehen aber ziemlich komisch aus«, flüsterte der eine mir zu. »Weißt du, irgendwie wie Ausländer.«

»Es sind auch Ausländer, das heißt, vielmehr seid *ihr* welche«, sagte ich. »Ihr befindet euch in ihrer Heimat und weitab von zu Hause. Das hier sind Täufler.«

»Teufel?« wiederholte der Mann und blickte ein bißchen verwirrt aus der Wäsche. »Soll das heißen, daß wir hier von Teufeln umzingelt sind?«

Während es beruhigend für mich war, die Schläger des Syndikats in Angst und Schrecken vor etwas zu erblicken, an das ich selbst mich schon gewöhnt hatte, fiel mir dabei auch ein, daß das Geschäft, das ich mit ihnen abschließen wollte, möglicherweise den Bach hinuntergehen würde, falls sie *allzusehr* verschreckt wurden.

»Sieh mal ... wie heißt du eigentlich?«

»Guido«, vertraute mir der Mann an. »Und das da ist mein Vetter Nunzio.«

»Schön. Also sieh mal, Guido, laß dich von diesen Komikern hier nicht ins Bockshorn jagen. Das sind ganz normale Händler wie andere auch. Nur weil sie ein bißchen komisch aussehen, heißt das noch lange nicht, daß sie nicht auch die Hosen gestrichen voll haben können.«

»Wirst wohl recht haben. Übrigens, ich wollte mich noch für den Drink im Palast bedanken.«

»Keine Ursache«, winkte ich ab. »Das war ja wohl das mindeste, was ich tun konnte, nachdem ich euch gegen die

Zimmerdecke geknallt hatte. Das war übrigens wirklich nicht persönlich gemeint. Ich wollte euch beide nicht schlecht dastehen lassen, ich wollte vielmehr selbst gut dastehen ... wenn du den Unterschied verstehst.«

Guido furchte ein wenig die Stirn.

»Ich ... glaube schon. Ja! Jetzt hab ich's! Na, es hat jedenfalls funktioniert. Du hast echt gut dagestanden. Ich möchte dir wirklich nicht ins Gehege kommen, und Nunzio auch nicht. Wenn wir dir irgendwann mal einen Gefallen tun können ... du weißt schon, irgend jemanden für dich ein bißchen verbiegen oder so ... na ja, dann sag einfach Bescheid.«

»He, was ist denn das?«

Ich blickte in die Richtung, in die Don Bruce gerade zeigte, und sah einen Verkaufsstand voller kurzer, bemalter Stäbe, die alle in der Luft schwebten.

»Ich nehme an, der verkauft Zauberstäbe«, riet ich.

»Oh! So einen will ich haben. Aber geht bloß nicht irgendwo ohne mich hin!«

Die Leibwächter zögerten einen Augenblick, dann folgten sie Don Bruce, als dieser sich in die Kaufverhandlungen mit dem Besitzer des Stands stürzte, der seinen neuen Kunden etwas verwundert anstarrte.

»Zieht der sich immer so an?« fragte ich Winkel-kat. »Sie wissen schon, so ganz in Hellpurpur?«

Der Syndikatssprecher blickte mich mich hochgezogener Augenbraue an.

»Tragen Sie immer Grün, wenn Sie andere Dimensionen bereisen?«

Nur um ganz sicherzugehen, hatte ich mir eine andere Tarnung zugelegt, bevor ich diese Mannschaft auf Tauf begleitete.

Mir war eingefallen, daß es im Falle eines erfolgreichen Geschäftsabschlusses nicht gerade ratsam wäre, im Bazar als derjenige bekannt zu werden, der in dieser Dimension das organisierte Verbrechen eingeführt hatte.

Leider war mir das aber erst kurz vor unserer Abreise eingefallen, so daß ich nicht viel Zeit gehabt hatte, mich zu entscheiden, für wen ich mich ausgeben sollte. Alle meine Freunde waren fort, sowie Massha, Ganzfix, Garkin ... in meiner Verzweiflung entschied ich mich für Rupert ... Ich meine, *dem* war ich ohnehin noch ein, zwei Nackenschläge schuldig. Folglich stolzierte ich gerade als schuppiger grüner Perverser ... Verzeihung, Perfekter über den Bazar.

»Dafür habe ich meine Gründe«, erklärte ich herablassend.

»Nun, die hat Don Bruce auch«, knurrte Winkel-kat. »Und wenn Sie nichts dagegen haben, hätte ich Ihnen noch einige Fragen über diesen Ort hier zu stellen. Wenn wir hier einrücken, wird es da keine Sprachschwierigkeiten geben? Ich kann kein Wort von dem verstehen, was diese Mißgeburten von sich geben.«

»Schauen Sie selbst«, sagte ich und zeigte nach vorn.

Don Bruce und der Täuflerhändler waren gerade eifrig beim Feilschen und hatten anscheinend nicht die geringsten Schwierigkeiten, einander zu verstehen, so sehr sie sich auch uneins waren.

»Kein Täufler, der sein Pulver wert ist, läßt sich durch eine Kleinigkeit wie Sprache von einem Geschäft abhalten.«

»He, ihr! Schaut mal, was ich hier habe!«

Wir drehten uns um und sahen, wie Don Bruce auf uns zukam und stolz mit einem kleinen Stab herumfuchtelte, der die gleiche Farbe wie seine Kleidung hatte.

»Das ist ein Zauberstab!« rief er. »Ich habe ihn für einen Appel und ein Ei bekommen.«

»Einen Appel, ein Ei und ein wenig Gold, würde ich wetten«, bemerkte Winkel-kat trocken.

»Was kann er denn?«

»Was er kann?« Don Bruce grinste. »Schau mal!«

Er schwenkte den Stab mit grandioser Gebärde durch die Luft, und eine kleine Wolke aus glitzerndem Staub rieselte funkensprühend zu Boden.

»Ist das alles?« Winkel-kat schnitt eine Grimasse.

Don Bruce musterte den Stab mit gerunzelter Stirn.

»Komisch. Als der Bursche da hinten mir das Ding vorführte, hat er damit einen Regenbogen gezaubert.«

Er richtete den Stab auf den Boden und schüttelte ihn ... worauf sich drei Klingen mitten in der Luft materialisierten und vor unseren Füßen in den Boden sausten.

»Vorsicht!« warnte Winkel-kat und sprang mit einem Satz außer Reichweite. »Du solltest lieber mal die Gebrauchsanweisung für das Ding lesen.«

»Ich brauche keine Gebrauchsanweisung«, widersprach Don Bruce stur. »Ich bin ein Guter Pate, ich weiß schon, was ich tue.«

Während er sprach, unterstrich er seine Worte mit einem weiteren Stabwedeln, worauf einer der Leibwächter nur haarscharf einem Flammenstoß entging.

»... aber das kann warten«, schloß Don Bruce und steckte den Stab in seinen Hosenbund. »Wir haben ein Geschäft zu besprechen.«

»Ja, wir waren gerade ...«, fing Winkel-kat an.

»Maul halten! Ich spreche gerade mit Skeeve!«

Die Autorität hinter Don Bruces plötzlichem Befehl und Winkel-kats hastiger Gehorsam ließen mich eilig mein

Urteil über den Syndikatsboß revidieren. Ob er nun merkwürdig war oder nicht, auf jeden Fall stellte er eine Macht dar, mit der man rechnen mußte.

»Nun, Mister Skeeve, wie sieht es hier in der Gegend mit Polizei aus?«

»Es gibt keine.«

Winkel-kats Augenbrauen schossen in die Höhe.

»Wie sorgen die denn dann für die Einhaltung der Gesetze?« warf er verdutzt ein.

»Soweit ich das beurteilen kann, gibt es auch keine Gesetze.«

»Ha, wie gefällt dir das, Winkel-kat?« lachte Don Bruce. »Keine Polizei, keine Gesetze, keine Rechtsanwälte. Wenn du hier geboren worden wärst, würdest du ziemlich in der Patsche sitzen!«

Ich wollte gerade fragen, was ein Rechtsanwalt ist, doch der Pate rettete mich vor der Preisgabe meiner Unwissenheit, indem er sich auf die nächste Frage stürzte.

»Wie steht's mit Politikern?«

»Null.«

»Gewerkschaften?«

»Null.«

»Buchmacher?«

»Haufenweise«, gab ich zu. »Dies hier ist die Hauptstadt des Glückspiels aller Dimensionen. Soweit ich das beurteilen kann, arbeiten sie aber alle unabhängig voneinander. Es gibt keine zentrale Organisation.«

Don Bruce rieb sich entzückt die Hände.

»Hast du das gehört, Winkel-kat? Das ist aber wirklich eine Pfundswelt, die Mister Skeeve uns da anbietet!«

»Er bietet sie uns nicht an«, berichtigte Winkel-kat ihn. »Er bietet uns lediglich den *Zugang* zu ihr an.«

»Stimmt«, warf ich schnell ein. »Um die Ausbeutung muß sich Ihre Organisation schon selber kümmern. Aber wenn ihr Jungs glaubt, daß ihr die Sache nicht in den Griff kriegt ...«

»Die kriegen wir schon in den Griff. Eine solche Sache? Das reinste Kinderspiel.«

Guido und Nunzio tauschten nervöse Blicke, sagten aber nichts, während Don Bruce fortfuhr.

»Wenn ich die Sache richtig verstehe, verlangen Sie als Gegenleistung, daß wir die Finger von Big Julie und Possiltum lassen, stimmt's?«

Bis drei kann ich wirklich gut zählen.

»Und von mir«, fügte ich hinzu. »Keine Pläne zur ›Abrechnung mit dem Burschen, der unsere Armee zu Kleinholz zerschlagen hat‹, keine ›Entweder-für-das-Syndikat-arbeiten-oder-marsch-in-den-Tod‹ Drohung. Ich operiere unabhängig, und so möchte ich es auch weiterhin halten.«

»Klar, klar«, winkte Don Bruce ab. »Jetzt, da wir gesehen haben, wie Sie operieren, gibt es keinen Grund, weshalb wir nicht aus demselben Napf essen sollten. Wir sind Ihnen allenfalls noch einen Gefallen schuldig, weil Sie unserer Organisation ein neues Bestätigungsfeld erschlossen haben.«

Irgendwie beruhigte mich das.

»Äh ... ich will Ihnen was sagen. Ich will keine Anerkennung dafür ... weder innerhalb des Syndikats noch außerhalb. Im Augenblick wissen nur wir, daß ich dabei meine Finger im Spiel habe. Und so soll es auch bleiben, ja?«

»Wie Sie wollen«, meinte Don Bruce achselzuckend. »Ich werde den Großen Bossen einfach melden, daß Sie für uns ein paar Nummern zu groß sind und daß wir Sie deshalb in

Ruhe lassen. Wenn sich unsere Wege kreuzen sollten, dann gehen wir entweder weiter, wenn Sie einverstanden sind, oder wir ziehen uns zurück. In Ordnung?«

»In Ordnung. Genau das will ich auch.«

»Abgemacht?«

»Abgemacht.«

Feierlich gaben wir uns die Hand.

»Also schön«, sagte ich. »Hier haben Sie, was Sie brauchen, um zwischen hier und zu Hause hin und her zu reisen.«

Ich fischte den D-Hüpfer aus meinem Ärmel.

»Das hier ist die Einstellung für ihre Heimat. Und das hier ist die für hier. Wenn Sie damit reisen wollen, müssen Sie diesen Knopf hier betätigen.«

»Was ist denn mit den anderen Einstellungen?« wollte Winkel-kat wissen.

»Erinnern Sie sich an den Zauberstab?« konterte ich. »Ohne Anleitung könnten Sie mit diesem Ding verschollen gehen. Und damit meine ich: *richtig* verschollen!«

»Kommt, Jungs«, sagte Don Bruce und stellte den D-Hüpfer ein. »Wir müssen schnell nach Hause. Hier gibt es eine ganze Welt zu erobern, also sollten wir uns auf die Socken machen, bevor jemand anders uns zuvorkommt. Mister Skeeve, es war mir ein Vergnügen, mit Ihnen Geschäfte zu machen.«

Eine Sekunde später waren sie fort.

Ich hätte eigentlich frohlocken müssen, nachdem ich einen ganzen Stoß Probleme vom Horizont verscheucht hatte. Doch das tat ich nicht.

Don Bruces letzte Bemerkung über Welteroberungen erinnerte mich an die Pläne der Königin Schierlingsfleck. Nun, da das Syndikat ausgeschaltet war, hatte ich weitere

Probleme, die es zu lösen galt. Sobald ich wieder im Palast war, müßte ich ...

Da traf es mich wie ein Schlag.

Die Syndikatsvertreter hatten den D-Hüpfer mitgenommen, als sie verschwunden waren. Das Ding war meine einzige Möglichkeit, nach Klah zurückzukehren! Ich war im Bazar gestrandet, ohne in meine eigene Dimension zurück zu können!

XII

»Ich erfinde die Story, während ich sie erlebe.«

I. Jones

Aber ich geriet nicht in Panik. Wozu auch?

Klar, ich saß ein wenig in der Klemme, aber wenn es in irgendeiner der Dimensionen einen Ort gab, wo ich auf sichere Hilfe rechnen konnte, dann war das hier im Bazar. Hier konnte man für Geld und dank Aahz' Training alles bekommen. Ich hatte umsichtigerweise meine Börse vor unserer Abreise aus Klah mit Geld aufgefüllt.

Aahz!

Plötzlich fiel mir ein, daß ich schon seit Tagen nicht mehr an meinen alten Mentor gedacht hatte. Die Krisen, die kurz nach seinem Verschwinden aufgetreten waren, hatten meinen Geist derartig beschäftigt, daß ich weder Zeit noch Kraft gehabt hatte, um über ihn nachzugrübeln. Abgesehen davon, daß ich gelegentlich seine Abwesenheit hatte erklären müssen, spielte Aahz in meinem gegenwärtigen Leben überhaupt keine Rolle. Ich kam auch ohne seine Hilfe zurecht.

Na ja ...

Gut. *Einige* Dinge hatte ich auch ohne ihn hingekriegt ... die Sache mit dem Syndikat zum Beispiel. Natürlich hatte mir die Ausbildung, die er mir früher hatte zuteilwerden lassen, zu einer gewissen Selbstsicherheit vor dem Feind verholfen – etwas, für das es in diesen Tagen großen Bedarf gab.

»Mach dir nichts vor, Jungchen«, sagte ich bei mir in meiner besten Imitation von Aahz. »Du schuldest deinem alten Ausbilder eine ganze Menge.«

In der Tat. Eine ganze Menge. Zum Beispiel, daß ich, sein Wunderschüler, ihm keine Schande machte ... etwa dadurch, daß ich eine Sache nur zur Hälfte erledigte.

Mit neuer Entschiedenheit ging ich in Gedanken meine Situation durch. Zuerst einmal mußte ich nach Klah zurück ... oder sollte ich hier nach einer Lösung suchen?

Anstatt meine Zeit mit Unentschlossenheit zu vergeuden, ging ich mit mir selbst einen Kompromiß ein. Ich stellte dem nächstbesten Händler ein paar gezielte Fragen und machte mich auf den Weg, während ich die Augen nach etwas offenhielt, das mir helfen würde, das Problem der Königin Schierlingsfleck zu lösen.

Dieser Bazarbesuch unterschied sich wesentlich von meinen früheren. Früher hatte ich mir immer mehr Zeit gewünscht, um die Auslagen bestaunen zu können, während ich mich beeilen mußte, mit Aahz Schritt zu halten. Diesmal war ich es selbst, der mich drangte und Stand um Stand nach kurzem Überfliegen mit einem knappen »ganz interessant, aber keine Lösung für mein jetztiges Problem« abhakte. Mit der Last der Krisenverantwortung, die auf meinen Schultern ruhte, hatten sich anscheinend auch die Prioritäten geändert.

Natürlich wußte ich nicht, wonach ich eigentlich Ausschau hielt. Ich wußte nur, daß Zaubertrickstäbe und Sofortgewitter nicht dazu gehörten. Aus purer Verzweiflung entschied ich mich für Logik.

Um eine Lösung zu finden, mußte ich das Problem

durchleuchten. Das Problem war, daß Königin Schierlingsfleck mich anstelle von König Rodrick heiraten würde. Abhaken! Massha war damit beschäftigt, Rodrick zurückzubringen, und ich konnte ihr dabei nicht helfen. Ich mußte einfach daran glauben, daß sie es schaffen würde. Das eigentliche Problem war Königin Schierlingsfleck.

Ob sie nun mich heiratete oder König Rodrick – auf jeden Fall war sie entschlossen, die militärische Stärke Possiltums für einen Angriffskrieg zu nutzen. Sollte ihr Ehemann, wer immer es auch sein mochte, sich dem widersetzen, würde er sich wahrscheinlich dem Tod gegenüber sehen.

Die Königin zu töten wäre eine Lösung, aber irgendwie scheute ich vor kaltblütigem Mord doch zurück ... vor heißblütigem Mord übrigens auch. Nein. Was ich brauchte, das war etwas, mit dem man sie erschrecken konnte. Durch und durch erschrecken.

Die Antwort schritt an mir vorbei, ohne daß ich sie erkannte. Zum Glück schritt sie recht langsam vorbei, so daß ich mich nur umzudrehen und einige wenige Schritte hinter ihr her zu laufen brauchte, um sie wieder einzuholen.

Antworten haben oft viele verschiedene Formen und Gesichter. Diese hier besaß die Gestalt eines Täuflers, der ein kleines Tablett trug, das ihm an einem Riemen vom Hals hing.

»Was du da gerade gesagt hast – ist das wahr?«

Der Täufler musterte mich.

»Ich habe gesagt: ›Ringe. Passend für alle Größen. Einmal angelegt, niemals abgenommen.‹«

»Genau. Stimmt das auch?«

»Natürlich. Jeder meiner Ringe ist verzaubert. Wenn du

einen ansteckst, paßt er sich so an, daß er niemals wieder abgeht, nicht einmal dann, wenn du es willst.«

»Großartig. Ich nehme zwei Stück.«

»... weil es wirklich tragisch wäre, einen Ring von solchem Wert zu verlieren. Von denen hat jeder einen königlichen Preis ...«

Ich rollte die Augen.

»Hör mal«, unterbrach ich ihn, »ich weiß ja, daß es im Bazar üblich ist, zu feilschen, aber ich habe es eilig. Wieviel für zwei? Niedrigster Preis?«

Er überlegte einen Augenblick, dann nannte er eine Summe. Meine Ausbildung meldete sich zu Wort und ich bot ihm ein Zehntel davon.

»He! Du hast doch gesagt, kein Feilschen!« protestierte er. »Was glaubst du eigentlich, wer du bist?«

Na ja, einen Versuch war es immerhin wert. Massha zufolge besaß ich im Bazar schließlich schon einen gewissen Ruf.

»Ich glaube, daß ich der Große Skeeve bin, wenn du schon fragst.«

»... und das Kamel, auf dem du hierhergeritten bist«, höhnte der Händler. »Jedes Kind weiß doch, daß der Große Skeeve kein Perverser ist.«

Die Tarnung! Die hatte ich schon völlig vergessen. Mit einem mentalen Wink stellte ich mein ursprüngliches Aussehen wieder her.

»Nein, ich bin ein Klahd«, lächelte ich. »Und nur zu deiner Information: Es heißt *Perfekter!*«

»Soll das heißen, daß du wirklich ... nein, du mußt es einfach sein! Niemand sonst würde freiwillig aussehen wollen wie ein Klahd ... oder Perverse in Schutz nehmen ... Entschuldigung, ich meinte Perfekter.«

»Da dieser Punkt nun geklärt wäre«, gähnte ich, »wieviel sollen die beiden also kosten?«

»Hier«, sagte er und schob mir den Bauchladen entgegen. »Such sie dir aus, mit den besten Empfehlungen des Hauses. Ich hab einen Haufen Scheine gewonnen, als ich beim Großen Spiel auf deine Mannschaft gesetzt habe. Ich bitte dich nur um Erlaubnis, verkünden zu dürfen, daß du meine Waren verwendest.«

Ich traf meine Wahl mit einem Gefühl großer Befriedigung, und machte mich wieder auf den Weg. Es war nett, einen Ruf zu besitzen, aber noch schöner, ihn sich auch verdient zu haben. Die beiden kleinen Spielzeuge in meiner Tasche würden mir helfen, mich aus dem Possiltum-Dilemma zu befreien ... sofern ich rechtzeitig zurückkam ... und sofern Massha den König gefunden hatte.

Diese ernüchternden Gedanken brachten mich schleunigst wieder auf den Teppich zurück. Für Selbstbeweihräucherung war erst nach der Schlacht Zeit, nicht vorher. Schlachtpläne und Siege sind nicht dasselbe, wie ich nur zu gut hatte erfahren müssen.

Erneut von Panik ergriffen, steigerte ich mein Schritttempo, bis ich schon fast rannte, als ich schließlich mein Ziel erreichte: das Gasthaus zum Gelben Halbmond.

Ich stürzte durch die Tür des führenden Schnellimbiß im Bazar und bemerkte, daß keine Kunden anwesend waren, außer einem Troll, der kauend in der Ecke an einem Tisch saß.

Klasse!

Ich hatte gehofft, daß Gus, der Besitzer, ein Wasserspeier, dort sein würde, aber so mußte ich mich mit dem Troll begnügen.

»Skeeve!« rief der Troll. »He, das ist aber eine Überraschung! Was führt dich denn in den Bazar?«

»Später, Chumly. Im Augenblick brauche ich jemanden, der mich nach Klah bringt. Bist du gerade sehr beschäftigt?«

Der Troll rückte seine halbverspeiste Mahlzeit beiseite und hob die Augenbraue über einem mißlungenen Mondauge.

»Will ja nicht zu empfindlich oder förmlich sein«, meinte er, »aber was ist denn nur mit ›Hallo, Chumly, wie geht es dir?‹ passiert?«

»Tut mir leid. Ich hab's ein wenig eilig. Könnten wir nicht einfach ...«

»Skeeve! Wie steht's denn, Süßer?«

Ein besonders kurviges Bündel grünhaariger Schönheit war aus der Damentoilette getreten.

»Oh. Hallo Tanda. Was ist nun, Chumly?«

Tandas Willkommenslächeln verschwand und wich einem verblüfften Stirnrunzeln.

»Oh. Hallo Tanda?« wiederholte sie und schoß dem Troll einen Blick zu. »Fällt dir etwas an dieser ziemlich unterkühlten Begrüßung auf, großer Bruder?«

»Meine war auch so komisch«, vertraute der Troll ihr an. »Wenn man mich so fragt, würde ich vermuten, daß unser junger Freund hier entweder seine Manieren völlig vergessen, oder sich in Schwierigkeiten gebracht hat.«

Ihre Blicke trafen sich, und sie nickten.

»Schwierigkeiten«, sagten sie im Chor.

»Klasse«, sagte ich und verzog das Gesicht. »Na schön, ich stecke in der Klemme, ja. Aber ich bitte euch nicht, euch da mit hineinziehen zu lassen. Ich glaube sogar, daß ich die Sache inzwischen halbwegs im Griff habe. Ich möchte nur, daß du mich nach Klah bringst.«

Bruder und Schwester traten an meine Seite.

»Klar doch«, lächelte Chumly. »Aber du hast doch nichts dagegen, wenn wir mitkommen, oder?«

»Aber ich habe euch doch gar nicht gebeten ...«

»Wann hättest du uns jemals um Hilfe bitten müssen, Süßer?« tadelte Tanda und legte einen Arm um meine Hüfte. »Wir sind doch schließlich deine Freunde, hast du das vergessen?«

»Aber ich glaube, ich habe die Sache bereits im Griff ...«

»... In diesem Fall kann es ja nicht schaden, uns dabei zu haben«, beharrte der Troll.

»Es sei denn, es sollte etwas schieflaufen«, warf Tanda ein. »In diesem Fall könnten wir dir vielleicht zur Hand gehen.«

»... Und wenn wir es zu dritt nicht schaffen sollten, dann sind wir immer noch da, um dir aus der Patsche zu helfen«, beendete Chumly die Ausführungen.

Ich hätte es eigentlich besser wissen sollen, anstatt zu versuchen, mich mit den beiden anzulegen, wenn sie sich einig waren.

»Aber ... wenn ... na schön, danke«, stieß ich hervor. »Damit habe ich wirklich nicht gerechnet. Ich meine, ihr wißt ja nicht einmal, um welche Schwierigkeiten es geht.«

»Das kannst du uns später immer noch erzählen«, sagte Tanda streng und begann schon mit ihrem Zauber, der uns durch die Dimensionen katapultieren sollte. »Wo ist übrigens Aahz?«

»Das ist ein Teil des Problems«, seufzte ich.

Und da waren wir auch schon wieder zurück!

Nicht einfach nur in Klah, sondern sogar in meiner eigenen Unterkunft im Palast. Wie der Zufall es so wollte, waren wir nicht allein. Eines Tages werde ich vielleicht Zeit dafür finden, zu entscheiden, ob das ein glücklicher oder ein unglücklicher Zufall war.

Der König lag an Händen und Füßen gefesselt auf meinem Bett, während Massha und Grimble jeder einen Kelch Wein und anscheinend auch jeder die Gesellschaft des anderen genossen. So sah es jedenfalls aus, als wir eintrafen. Als jedoch Massha und Tanda einander erblickt hatten, änderte sich die Stimmung rapide.

»Flittchen!« zischte mein neuer Zauberlehrling.

»Talentlose Mechanikerin!« schoß Tanda zurück.

»Steht diese Mißgeburt da etwa auf unserer Soldliste?« unterbrach Grimble sie und starrte Chumly an.

»Typisch Erbsenzähler!« höhnte der Troll abfällig.

Ich versuchte, das Gezänk zu schlichten.

»Wenn wir doch ...«

Das erregte Grimbles Aufmerksamkeit, die er nun auf mich richtete.

»Ihr!« keuchte er. »Aber wenn Ihr Skeeve seid, wer ist dann ...«

»König Rodrick von Possiltum«, erklärte ich und wies mit einem Kopfnicken auf die gefesselte Gestalt auf dem Bett. »Und jetzt, da jeder jeden kennt, könntet ihr vielleicht alle mal die Klappe halten, während ich euch erzähle, wie unser nächster Schritt aussieht?«

XIII

»Man muß die Ehe, die ja ein Wagnis fürs Leben ist, mit Sorgfalt und Umsicht angehen.«

Heinrich VIII.

Die Hochzeit verlief ohne den geringsten Zwischenfall.

Ich weiß gar nicht, weshalb ich mir Sorgen gemacht hatte. Es gab keine Unterbrechungen, niemand vergaß auch nur eine Zeile, keiner protestierte oder hustete auch nur zur Unzeit. Wie bereits erwähnt, hatte Königin Schierlingsfleck die Planung bis aufs letzte Detail selbst übernommen ... bis auf ein paar Überraschungen, die wir für uns behalten hatten.

Deshalb machte ich mir Sorgen! Meine Gefährten und ich wußten, daß die königliche Hochzeit, so bunt und übertrieben sie auch sein mochte, nur das Vorspiel für das Hauptereignis des Tages war. Außerdem war da noch der Druck, zu wissen, daß ich meinen Mitverschwörern nicht *alle* meine Pläne anvertraut hatte. Das war anscheinend ebenfalls eine schlechte Angewohnheit, die ich von Aahz hatte.

Grimble und Badaxe befanden sich an der üblichen Stelle neben dem Thron wie zwei schlecht angepaßte Buchstützen, während Chumly, Tanda, Massha und ich dank meines Tarnzaubers und Badaxes Einfluß als General am Fuße des Throns als Leibwachen aufgebaut waren. Alles war bereit ... sofern wir nur die Zeit dafür bekamen!

Als Würdenträger um Würdenträger vortrat, um Glückwünsche und Geschenke zu überbringen, hatte mein Geist nichts zu tun, außer darüber nachzudenken, wieviele Dinge in meinem kleinen Plan alle schiefgehen konnten. Ich hatte ziemlich viel riskiert, und wenn es nicht klappen sollte, würden eine Menge Leute darunter zu leiden haben, angefangen beim König und den Untertanen von Possiltum.

Je länger ich darüber nachdachte, desto unruhiger wurde ich, bis ich mich dabei ertappte, wie ich mir nicht mehr wünschte, daß die Würdenträger sich beeilen mochten, sondern vielmehr, daß sie ewig brauchen würden, um diesen kurzen Augenblick des Friedens zu erhalten.

Natürlich hatte ich kaum damit begonnen, zu hoffen, daß die Dinge so bleiben würden, wie sie waren, als es damit auch schon vorbei war. Gerade entfernte sich der letzte Gratulant und die Königin erhob sich, als Grimble und Badaxe ihre gewohnten Plätze verließen und vor den Thron traten.

»Bevor du gehst, meine Liebe«, sagte Rodrick, »möchten unsere Gefolgsleute dir noch ihre Glückwünsche entbieten.«

Königin Schierlingsfleck runzelte ein wenig die Stirn, nahm ihrem Platz aber ein.

»Der Kanzler steht bereit, um Ihre Majestäten in jederlei Hinsicht zu unterstützen«, begann Grimble. »Selbstverständlich müssen wir auch trotz des neuen Reichtums jede unnötige Ausgabe vermeiden. Wie stets, bin ich auch jetzt bereit, ein leuchtendes Beispiel der Sparsamkeit zu geben, und so bin ich zu dem Schluß gelangt, daß es eine tadelnswerte und unnötige Ausgabe dargestellt hätte, für Ihre Majestäten ein Geschenk zu beschaffen, welches meiner

Hochschätzung Ihre Majestäten gerecht geworden wäre, weshalb ich ...«

»Ja, ja, Grimble«, unterbrach ihn der König. »Wir verstehen und schätzen Eure Selbstaufgabe. General Badaxe?«

Grimble zögerte, überließ dann jedoch den Platz seinem Rivalen.

»Ich bin ein Kämpfer und kein Redner«, erklärte General Badaxe abrupt. »Die Armee steht bereit, das Königreich und den Thron von Possiltum zu schützen. Und was mich selbst betrifft ... dies ist mein Geschenk.«

Er nahm die Axt vom Gürtel und legte sie auf die Stufen vor dem Thron.

Ob er nun seine Lieblingswaffe oder seine persönliche Treue darbot – auf jeden Fall empfand ich die Geste als unbeschreiblich vielsagend.

»Danke, General Badaxe«, sagte Königin Schierlingsfleck von oben herab. »Ich glaube, ich kann jetzt wohl ...«

»Meine Liebe«, unterbrach der König sie sanft, »es gibt *noch* einen Gefolgsmann.«

Und dann war ich an der Reihe.

Ich nahm meinen ganzen Mut zusammen, hob meine Tarnung auf und trat vor den Thron.

»Euer Majestäten, der Große Skeeve wünscht Euch zu diesem glücklichen Ereignis alles Gute.«

Die Königin war kein Närrin. Einen Herzschlag lang riß sie die Augen auf, um sie schließlich auf den König zu richten. Man konnte ihre Gedanken beinahe hören: »Wenn das da der Zauberer ist, dann ist der Mann, den ich gerade geheiratet habe ....«

»Sehr richtig, Euer Majestät. Wie Ihr schon bei einem früheren Gespräch zu bemerken beliebtet: ›Königliche Hoheiten heiraten königliche Hoheiten.‹«

Während es hübsch dramatisch gewesen wäre, diesen Augenblick noch länger auszukosten, bemerkte ich jedoch, daß sich die Augen der Königin nachdenklich verengten, also beeilte ich mich, fortzufahren.

»Bevor Ihr jedoch einen Entschluß faßt, wie Ihr Eure Freude kundtun wollt«, warnte ich, »sollte ich vielleicht *mein* Geschenk erläutern.«

Nun richtete sich ihr nachdenklicher Blick auf mich. Ich selbst tat meine eigene Freude durch intensives Schwitzen kund.

»Mein Geschenk sind die Trauringe, welche nun von König und Königin getragen werden. Ich hoffe, daß sie Euch zusagen, weil sie sich nämlich nicht mehr entfernen lassen.«

Königin Schierlingsfleck machte einen kurzen Versuch, ihren Ring abzustreifen, dann richtete sie die Augen erneut auf mich. Diesmal war ihr Blick nicht mehr nachdenklich.

»So wie das Schicksal des Königreichs Possiltum mit dem des Thrones verbunden ist, so sind Eurer beider Schicksale nun auch miteinander verbunden. Durch die Macht eines Zaubers, der von solcher Schlichtheit ist, daß er nicht gebrochen oder zerstört werden kann, ist es nun gegeben, daß, wenn einer von Euch stirbt, dies dem anderen ebenfalls widerfährt.«

Das mochte die Königin gar nicht, und selbst der König runzelte leicht die Stirn, als dächte er über etwas nach, das ihm zuvor noch nicht in den Sinn gekommen war. Das war für mich das Zeichen, ihm die Dinge zu erläutern ... zu erklären, daß die Ringe noch eine weitere Bedeutung hatten, die ich ihm vorher nicht mitgeteilt hatte.

»Dies soll keineswegs ein einseitiges Geschenk sein, denn so, wie die Königin Schierlingsfleck nun für die

Gesundheit und das Wohlergehen ihres Königs Sorgen tragen muß, so muß König Rodrick seinerseits seine Königin vor allen Gefahren beschützen ... vor *allen* Gefahren.«

Nun sprang der König mit blitzenden Augen auf.

»Was soll das bedeuten, Sire Magiker?«

So geübt ich auch inzwischen im Hofjargon war, gab es doch Dinge, die man, wie ich meinte, am besten in der Umgangssprache ausdrückte.

»Es soll bedeuten, daß, wenn Ihr oder sonst irgend jemand sie umbringen sollte, sagen wir, auf Euren Befehl hin, daß Ihr dann ein toter Mann seid. Und jetzt SETZT EUCH GEFÄLLIGST UND HÖRT MIR ZU!«

Die ganze Wut und Verzweiflung, die sich seit dem Augenblick, da ich gemerkt hatte, wie der König mich hatte hereinlegen wollen, in mir aufgestaut hatten, ohne daß ich die Zeit gehabt hätte, ihnen Ausdruck zu verleihen, brachen nun aus mir hervor. Es funktionierte. Der König sank auf seinen Platz zurück, bleich und ein wenig erschüttert.

Ich war jedoch noch nicht fertig. Ich hatte eine Menge durchmachen müssen, und einige wenige Worte genügten nicht, um meinen seelischen Frieden zurückzuerlangen.

»Seit ich diesen Auftrag angenommen habe, habe ich nichts anderes zu hören bekommen als, wie skrupellos und ehrgeizig Königin Schierlingsfleck doch sei. Nun, dem mag wohl so sein, ABER SIE HAT SICH AUCH NICHT GERADE EIN LIEBCHEN EINGEHANDELT! Im Augenblick, *König* Rodrick, empfinde ich mehr Respekt für sie als für *Euch*. Immerhin hat *sie* ihr Königreich nicht mitten in einer Krise im Stich gelassen.«

Ich begann, vor dem Thron auf und ab zu schreiten, während ich mich für mein Thema immer mehr erwärmte.

»Alle reden über ›unsere Verpflichtung gegenüber dem

Thron.‹ Das ist der entscheidende Punkt im täglichen Leben der Gemeinen. Was jedoch nie erwähnt wird, ist die ›Verpflichtung des Throns gegenüber dem Volk‹.«

Ich machte eine Pause und zeigte auf den König.

»Ich habe eine Weile auf diesem Stuhl gesessen. Es ist sehr lustig, den Leuten ihr Leben vorzuschreiben. Die Macht wirkt berauschend, und ihre Vorteile sind gewaltig! Diese ganzen Verneigungen und Kratzfüße, ganz zu schweigen von einem Riesenberg Garderobe. Aber trotzdem, es ist ein Job wie jeder andere, und wie bei jedem anderen Job muß man auch hierbei manchmal Dinge tun, die einem nicht gefallen. Badaxe schließlich inspiziert seine Truppen auch nicht einfach nur und läßt sie paradieren, er muß sie vielmehr auch ausbilden und in die Schlacht führen ... Ihr wißt schon, nach dem Motto ›Ich könnte da draußen auf dem Schlachtfeld den Tod finden‹ und so. Grimble wiederum verbringt ungewöhnlich viel Zeit damit, über seinen Zahlen zu brüten, damit er er das Privileg besitzen darf, neben Euch zu stehen.«

Jeder Job hat seine Vor- und Nachteile, und wenn die Nachteile überwiegen, dann nimmt man eben seinen Mut zusammen und kündigt ... es sei denn, man heißt König Rodrick. Denn dann dankt man nicht etwa ab, um jemand anderem die Vor- und Nachteile anzubieten, nein, man halst sie einem anderen auf, der den Job in Eurem Namen ausüben soll, um sich selbst durchs Hintertürchen zu verdrücken. Vielleicht nehmen ja die Leute dort, wo Ihr aufgewachsen seid, ihre Jobs immer auf solche Art und Weise wahr, aber ich finde, daß sich jeder kleine Bauer für ein derartiges Verhalten schämen würde.«

Ich baute mich vor ihnen auf, die Fäuste herausfordernd in die Hüften gestemmt.

»Nun, ich habe meinen Job erledigt. Das Königreich ist vor der unmittelbaren Bedrohung gerettet worden. Mit einem bißchen Glück werdet Ihr beide lernen, zusammenzuarbeiten. Ich vertraue darauf, daß König Rodrick den Ehrgeiz der Königin schon zu dämpfen verstehen wird. Ich hoffe nur, daß es Königin Schierlingsfleck gelingt, dem König mit ihrem feurigen Wesen zu etwas mehr Rückgrat und Mut zu verhelfen.«

Diesmal war es Königin Schierlingsfleck, die auf die Beine sprang.

»Willst du dir das von ihm bieten lassen, Roddie? *Du* bist schließlich der König. Niemand darf einen König ungestraft so herumschubsen!«

»Wachen!« sagte Rodrick mit erstickter Stimme. »Nehmt diesen Burschen fest!«

Es hatte geklappt! König und Königin waren nun gegen einen gemeinsamen Gegner vereint ... gegen mich! Nun mußte ich es nur noch überleben.

Ein weiterer Stoß mentaler Energie, und meine Gefährten standen enttarnt da – ganz die Gestalten, die sie wirklich waren.

Königin Schierlingsfleck, die nicht an meinen Verkehr mit Dämonen gewöhnt war, plumpste mit leisem Keuchen wieder auf ihren Platz zurück. Der König runzelte böse die Stirn als er den wahren Grund für die Gegenwart meiner Freunde begriff.

»Euer Majestäten«, sagte Badaxe und trat vor. »Ich habe einen Eid geleistet, den Thron zu beschützen, und würde willig mein Leben für Eure Verteidigung geben. Doch sehe ich hier keine physische Bedrohung. Im Gegenteil, mir scheint sogar, daß sowohl Thron als auch Königreich gestärkt würden, wenn die Wort des Großen Skeeve Beachtung fänden und man ihnen Folge leistete.«

»Ich bin kein Kämpfer«, sagte Grimble und schloß sich Badaxe an, »deshalb nehme ich hier nur eine passive Pflicht wahr. Ich muß jedoch hinzufügen, daß auch ich der Meinung bin, daß vieles für die Worte des Sire Magikers spricht und daß sie ins Stammbuch eines *jeden* Herrschers geschrieben werden müßten.«

Seine Augen verengten sich, als er sich mir zuwandte.

»Ich lehne es jedoch ab, daß sie von einem Untertanen des Hofes ausgesprochen werden dürfen. Eine unserer obersten Pflichten ist es, dem Thron Respekt zu zollen, und zwar in Wort *und* Tat.«

»In diesem Punkt sind wir einer Meinung, Grimble«, nickte Badaxe und richtete nun auch als einer von vielen seinen finsteren Blick auf mich.

»So seltsam es vielleicht klingen mag«, sagte ich, »stimme auch ich dem zu. Aus diesem Grund reiche ich hiermit meinen Rücktritt als Hofzauberer von Possiltum ein. Das Reich ist nun militärisch und finanziell abgesichert, und so gibt es meiner Meinung nach keine Rechtfertigung mehr dafür, sich mit den hohen Ausgaben für einen voll angestellten Magiker zu belasten ... schon gar nicht für einen Magiker, der den Thron beleidigt hat. Es ist nicht erforderlich, über eine Ablösesumme zu beraten. Die Belohnung des Königs für meinen letzten Auftrag genügt, zusammen mit den Geldern, die ich bereits vom Schatzkanzleramt bezogen habe, um meine Bedürfnisse zu befriedigen. Ich werde also einfach meine Sachen zusammenpakken und gehen.«

Ich sah, wie Grimble leicht erblaßte, als er begriff, daß ich ihm sein Bestechungsgeld nicht zurückgeben würde. Doch ich vertraute auf seine Fähigkeit, alles unter einem Stapel mit Zahlen versehener Papiere zu verbergen.

Mit einem leisen Nicken in Richtung Thron hieß ich meinem Gefolge mit den Augen, sich um mich zu scharen, und schritt davon.

Alles war gelaufen wie am Schnürchen. Ich hätte es mir nicht besser wünschen können. Deshalb war ich auch überrascht, daß ich in Schweiß gebadet war und am ganzen Leib zitterte wie Espenlaub, als ich schließlich meine Unterkunft erreicht hatte.

XIV

»Manche Abschiede fallen einem leichter als andere.«

A. Capone

»Und wo willst du jetzt hin?« fragte Tanda.

Zusammen mit Chumly war sie mir beim Packen behilflich. Wir waren uns alle einig, daß es nun, da ich mir sowohl den Zorn des Königs als auch den der Königin zugezogen hatte, das Ratsamste war, wenn ich so schnell wie möglich abreiste. Massha war nicht da, sie wollte nach Gliep und Butterblume sehen und sich von Badaxe verabschieden.

»Das weiß ich auch nicht so recht«, gab ich zu. »Ich habe es ernst gemeint, als ich sagte, daß ich für eine Weile genügend Geld zusammengespart habe. Wahrscheinlich vergrabe ich mich irgendwo und arbeite eine Weile an meiner Magik ... vielleicht in dem Gasthof, den Aahz und ich als Heimatbasis benutzt haben.«

»He, warum kommst du nicht mit meiner kleinen Schwester und mir mit?« schlug Chumly vor. »Wir operieren meistens vom Bazar von Tauf aus. Unter magischen Gesichtspunkten wäre es für dich auch nicht das Schlechteste, dort die Nase in den Wind zu halten.«

Blitzartig fiel mir ein, daß das Syndikat inzwischen angefangen haben mußte, den Bazar umzukrempeln. Mir fiel aber auch ein, daß ich in der Hektik der Hochzeitsvorbereitungen nicht dazu gekommen war, Tanda und Chumly über diesen Teil meines Abenteuers zu informieren. Nachdem es mir wieder eingefallen war, zögerte ich, meine Verantwortung für das einzugestehen, was da nach ihrer Rückkehr auf sie zukommen würde.

»Ich weiß nicht, Chumly«, wich ich aus. »Ihr beide habt nicht viel Gepäck. Aber ich habe soviel Zeug, daß es wohl besser wäre, wenn ich mich irgendwo dauerhaft niederlasse.«

Das war zwar ein ziemlich schwacher Einwand, aber der Troll schien ihn zu akzeptieren ... vielleicht weil er den Berg von Ausrüstungsmaterial sehen konnte, den wir beim Versuch, meine Unterkunft zu räumen, gerade anhäuften.

»Na ja, überleg's dir. Wir würden uns freuen, dich bei uns zu haben. Bist kein schlechter Kumpel, wenn es mal Ärger gibt.«

»Haha!« lachte Tanda zustimmend. »Wo hast du übrigens diese Ringe hergehabt?«

»Ich habe sie im Bazar von einem Straßenhändler gekauft.«

»Auf Tauf?« fragte Chumly stirnrunzelnd. »Zwei verzauberte Ringe, das muß deine Ersparnisse aber ganz schön angegriffen haben. Bist du sicher, daß du noch genug Geld hast?«

Jetzt war ich an der Reihe, zu lachen.

»Erstens sind sie überhaupt nicht verzaubert, das war nur ein Bluff! Ich habe Ihre Königliche Majestäten nur an der Nase herumgeführt. Die Ringe sind einfach nur Glitzertand ... und außerdem habe ich sie umsonst bekommen.«

»Umsonst?«

Nun war Tanda an der Reihe, die Stirn zu runzeln.

»Auf dem Bazar kriegt niemand was umsonst.«

»Nein, ehrlich. Sie waren umsonst … na ja, der Händler hat sich von mir die Erlaubnis geben lassen, zu verbreiten, daß ich seine Waren kaufe, aber das ist doch dasselbe wie umsonst, nicht wahr? Ich meine, ich habe ihm kein Geld dafür gezahlt.«

Während ich sprach, war ich mir plötzlich meines »guten Geschäfts« nicht mehr ganz so sicher. Eine meiner ersten Lektionen über Täufler hatte gelautet: »Wenn du glaubst, mit einem Täufler ein gutes Geschäft gemacht zu haben, dann zähl erst mal deine Finger, dann deine Glieder, dann deine Verwandschaft …«

»Die Erlaubnis, deinen Namen zu benutzen?« wiederholte Tanda. »Für zwei lausige Ringe? Keine Gewinnbeteiligung und nichts? Hat Aahz dir denn nie etwas über Konzessionen beigebracht?«

Plötzlich ertönte ein leises *Bampf* mitten aus der Luft.

»Mißbraucht da etwa jemand gerade meinen Namen.«

Es war Aahz, komplett bis zur letzten grünen Schuppe, und er kam so beiläufig herein, als wäre er nur eben mal kurz Pinkeln gewesen.

Ich war der erste von uns dreien, der sich von seiner Überraschung erholte. Na ja, wenigstens fand ich als erster meine Stimme wieder.

»Aahz!«

»Hallo, Jungchen! Hast du mich vermißt?«

»Aber Aahz!«

Ich wußte nicht, ob ich lachen oder weinen sollte. In Wirklichkeit wollte ich ihn ganz fest umarmen und nie wieder loslassen. Natürlich würde ich nun, da er wieder zurück war, so etwas nie tun. Ich meine, unsere Beziehung hatte noch nie sonderlich viel mit Gefühlsäußerungen zu tun gehabt.

»Was ist denn mit euch los?« wollte mein Ausbilder wissen. »Ihr benehmt euch ja, als hättet ihr nicht damit gerechnet, mich jemals wiederzusehen.«

»Wir … Aahz! Ich …«

»Das haben wir auch nicht«, erklärte Tanda ohne Umschweife und bewahrte mich so davor, mich noch mehr zum Narren zu machen.

»Was meine kleine Schwester meint«, warf Chumly ein, »ist, daß wir geglaubt haben, daß dein Neffe Rupert nicht die Absicht hatte, dich von Perv wieder fortgehen zu lassen.«

Aahz schnaubte verächtlich.

»Rupert? Dieser Emporkömmling? Den nehmt ihr doch wohl nicht ernst, oder?«

»Na ja, wenn du deine Kräfte noch hättest, würden wir das wohl nicht«, meinte Tanda, »aber so, wie die Dinge stehen …«

»Rupert?« wiederholte Aahz. »Ihr beide kennt mich doch schon eine Weile, nicht wahr? Dann müßte es doch langsam in eure Schädel gedrungen sein, daß mich niemand gegen meinen Willen festhalten kann.«

Irgendwie kamen mir die Worte bekannt vor. Aber ich war so froh, Aahz zurückzuhaben, daß ich in diesem Augenblick buchstäblich allem zugestimmt hätte.

»Ja!« rief ich eifrig und glockenhell. »Das ist schließlich Aahz! Den schubst *niemand* rum!«

»Seht ihr!« grinste mein Ausbilder. »So sehr es mir auch widerstrebt, einem bloßen Lehrling zustimmen zu müssen, weiß das Kind doch, wovon es redet … diesmal wenigstens.«

Chumly und Tanda musterten einander mit dem seltsamen Blick, den Geschwister zu benutzen pflegen, um sich miteinander ohne Worte zu verständigen.

»Weißt du, großer Bruder«, sagte Tanda, »diese ›Gesellschaft für gegenseitige Bewunderung‹ geht mir ziemlich auf den Nerv. Was meinst du dazu?«

»Eigentlich«, erwiderte der Troll, »hab ich da nicht sonderlich viel Gegenseitigkeit raushören können. Irgendwie ist bei mir der Ausdruck ›bloßer Lehrling‹ hängengeblieben.«

»Ach, nun macht mal halblang, ihr beiden«, winkte Aahz ab. »Machen wir uns doch nichts vor, hm? Ich meine, wir mögen das Kind ja alle, aber wir wissen auch, daß er Ärger anzieht wie ein Magnet. Ich bin noch nie jemandem begegnet, auf den man so sehr aufpassen mußte wie auf ihn. Ach ja, apropos ...«

Er richtete seine gelben Augen mit dem für ihn so typischen spekulierenden Blick auf mich.

»... ich stelle fest, daß ihr beide hier seid ... *und* ich habe ganz deutlich meinen Namen gehört, als ich hier eintraf. Was ich jetzt brauche, das sind weniger freundschaftliche Hallorufe sondern vielmehr eine schnelle Information darüber, aus was für einer Patsche wir den Großen Skeeve diesmal wieder herausholen müssen.«

Ich machte mich schon auf eine schnelle, aber lautstarke Lektion in Sachen »Konzessionen« gefaßt, doch der Troll überraschte mich.

»Keine Patsche«, sagte er und lehnte sich gelassen zurück. »Die kleine Schwester und ich sind nur mal auf eine Stippvisite vorbeigekommen. Genaugenommen wollten wir gerade wieder weg.«

»Ach ja?« Mein Ausbilder klang gleichzeitig überrascht und mißtrauisch. »Nur zu Besuch? Gar kein Ärger?«

»Na ja, ein *bißchen* Ärger hat es schon gegeben«, gab Tanda zu. »Es hatte mit dem König zu tun ...«

»Wußte ich's doch!« kicherte Aahz und rieb sich die Hände.

»... aber Skeeve hat die Sache ganz allein wieder eingerenkt«, beendete sie ihren Satz. »Im Augenblick gibt es überhaupt keine Probleme.«

»Oh.«

Merkwürdigerweise wirkte Aahz ein bißchen enttäuscht.

»Na schön, dann bin ich euch wohl ein wenig Dank schuldig. Ich weiß es wirklich zu schätzen, daß ihr beide auf Skeeve aufgepaßt habt, während ich weg war. Er kann ...«

»Ich glaube, du hörst nicht richtig zu, Aahz«, meinte Chumly und richtete seinen Blick an die Decke. »*Skeeve* hat die Schwierigkeiten aus dem Weg geräumt. Wir haben nur zugeschaut.«

»Oh, wir wären schon eingesprungen, wenn es heikel geworden wäre«, ergänzte Tanda. »Du weißt schon, Aahz, so wie wir es für dich ja auch immer tun. Aber es stellte sich heraus, daß wir gar nicht gebraucht wurden. Dein ›bloßer Lehrling‹ war der Sache mehr als gewachsen.«

»Er hat die Geschichte ziemlich elegant abgewickelt, weißt du«, fügte der Troll hinzu. »Tatsächlich müßte ich angestrengt nachdenken, bis mir eine üble Situation einfiele, die genauso glatt und ohne Umstände gemeistert worden wäre.«

»Na schön, na schön.« Aahz schnitt eine Grimasse. »Ich hab's begriffen. Die Einzelheiten könnt ihr für später aufheben. Im Augenblick müssen der Junge und ich ein paar wichtige Dinge besprechen ... und damit meine ich *wichtige* Dinge!«

»Zum Beispiel?« fragte ich stirnrunzelnd.

»Na ja, ich habe eine Menge nachgedacht, und schätze,

es ist langsam an der Zeit, daß wir Possiltum verlassen und weiterziehen.«

»Äh, Aahz?« wandte ich ein.

»Ich weiß, ich weiß«, winkte er ab. »Du meinst, du brauchst noch etwas Übung. Das stimmt auch, aber du bist auch schon ziemlich weit gekommen. Diese Probleme, die du da gerade gelöst hast, beweisen das nur. Du bist jetzt soweit, daß du ...«

»Aahz?«

»Gut, gut. Ich weiß, du hast hier Freunde und Verpflichtungen, aber irgendwann mußt du auch mal flügge werden. Du mußt einfach auf meine Urteilskraft und meine Erfahrung vertrauen, und ich weiß nun einmal, wann die Zeit reif ist, um zu ...«

»Ich habe bereits gekündigt!«

Aahz brach mitten im Satz ab und starrte mich an.

»Du hast was?« stammelte er.

»Gekündigt«, nickte ich und deutete auf den Haufen Ausrüstung, den wir bereits zusammengepackt hatten. Er musterte ihn einen Augenblick, als traue er seinen Augen nicht.

»Oh«, sagte er schließlich. »Oh, na ja, in dem Fall springe ich wohl mal eben rüber zu Grimble, um mit ihm deine Ablösesumme zu besprechen. Der Kerl ist zwar ein ziemlicher Geizkragen, aber wenn ich ihm keine fünfhundert aus dem Ärmel schütteln kann, dann wüßte ich das aber.«

»Ich weiß es schon«, erwiderte ich vorsichtig.

Aahz rollte die Augen.

»Hör zu, Junge. Das hier ist *mein* Spezialgebiet, erinnerst du dich? Wenn du mit zu niedrigen Forderungen in Verhandlungen hineingehst, dann ziehen sie dir das Fell über die Ohren. Du mußt ...«

»Ich habe bereits tausend rausgeschlagen!«

Diesmal hielt Aahz' »Starre« eine Weile länger vor, und er blickte mich auch nicht mehr an.

»Tausend?« fragte er endlich. »In Gold?«

»Plus einem ziemlich üppigen Bonus vom König selbst«, warf Tanda hilfsbereit ein.

»Wir haben die ganze Zeit versucht, es dir zu sagen, Aahz, alter Junge«, lächelte Chumly. »Unser Skeeve hier hat auch ohne deine Hilfe prima Arbeit geleistet.«

»Verstehe.« Aahz wandte sich ab und starrte schweigend aus dem Fenster.

Ich gebe zu, daß ich ein bißchen enttäuscht war. Ich meine, vielleicht hatte ich nicht gerade Meisterarbeit geleistet, aber ein *bißchen* Lob wäre doch ganz nett gewesen. Wie mein Ausbilder sich benahm, hätte man glauben können, daß er ...

Da begriff ich plötzlich. Es überrollte mich wie ein Streitwagen auf Abwegen. Aahz war eifersüchtig! Und was noch schlimmer war, er war verletzt!

Plötzlich sah ich alles kristallklar. Bisher hatte mich Aahz' arrogante Selbstsicherheit immer geblendet, doch nun teilten sich die Schleier.

Aahz' Flucht aus Perv war nicht halb so einfach gewesen, wie er getan hatte. Es hatte eine Keilerei gegeben – eine körperliche, eine verbale oder eine magische –, einige verletzte Gefühle und ein paar heftige Versprechungen, die gemacht oder gebrochen worden waren. Er hatte sich seinen Weg zurück nach Klah mit einem einzigen Gedanken im Sinn freigekämpft: Sein *Lieblings*lehrling war in Schwierigkeiten. Doch wie hatte man ihn empfangen? Nicht nur, daß ich gar nicht in Schwierigkeiten steckte, es sah sogar danach aus, als wäre ich ohne ihn besser zurechtgekommen!

Tanda und Chumly waren immer noch zugange und plapperten munter vor sich hin, wie großartig ich doch wäre. Wenngleich ich ihre Bemühungen zu schätzen wußte, wünschte ich mir doch verzweifelt, daß ich ihnen irgendwie klarmachen könnte, daß sie damit nur noch tiefer in Aahz Wunde wühlten.

»Ähhh ... Aahz?« meldete ich mich wieder. »Wenn du mal eine Minute Zeit hättest? Da gibt es nämlich doch noch ein paar Sachen, über die ich gerne deinen Rat einholen würde.«

»Ach ja? Was denn?« kam seine erstickte Antwort. »Wie es sich anhört, brauchst du doch niemanden der dir hilft, und schon gar keinen Lehrer ohne eigene Kräfte.«

Tanda begriff sofort. Sie stellte das Piesacken auf der Stelle ein und gab Chumly verzweifelt ein Signal. Doch der Troll war selbst einfühlsam genug, und er reagierte, indem er mir einen flehenden Blick zuwarf.

Es lag also bei mir. Wunderbar!

»Nun, zum Beispiel ... äh.«

In dem Moment platzte Massha ins Zimmer.

»Unten ist alles bereit, heißer Junge, und ... oh! Hallo, Grünschuppe! Dachte, du wärst für alle Zeiten verduftet.«

Aahz wirbelte mit weit aufgerissenen Augen herum.

»Massha?« stotterte er. »Was machst du denn hier?«

»Hat dir der Held des Tages es denn nicht erzählt?« lächelte sie und klimperte mit ihren gewaltigen Wimpern. »Ich bin sein neuer Lehrling.«

»Lehrling?« wiederholte Aahz, und das alte Feuer kroch wieder in ihm hoch.

»Äh ... das ist auch eines von den Dingen, über die ich mit dir reden wollte«, meinte ich und lächelte schüchtern.

»Lehrling?« wiederholte er erneut, als hätte er mich überhört. »Kind, wir beide müssen uns unterhalten ... und zwar sofort!«

»Na klar, Aahz. Sobald ich ...«

»SOFORT!«

Ja, wirklich: Aahz war wieder da!

»Äh, entschuldigt uns mal 'ne Weile, Leute. Aahz und ich müssen eben mal ...«

Zum zweiten Mal ertönte ein *Bampf* im Zimmer.

Diesmal war es wesentlich lauter, was dadurch zu erklären ist, daß es einige Wesen mehr waren, als beim ersten Mal, die da plötzlich auftauchten. Genau genommen standen nun vier Täufler im Raum ... und sie sahen gar nicht glücklich aus.

»Wir suchen den Großen Skeeve!« bollerte einer von ihnen.

Mir rutschte das Herz in die Hosentasche. Konnten die denn so schnell von meiner Verbindung zum Syndikat Wind bekommen haben?

»Wer sucht ihn?«

Aahz schob seine Körpermassen gelassen zwischen mich und die Eindringlinge. Tanda und Chumly waren ebenfalls aufgesprungen, und Massha rückte beiseite, um eine freie Schußlinie zu bekommen. Klasse! Jetzt brauchte ich den Tag nur noch damit zu krönen, daß ich meine Freunde den Ärger auslöffeln ließ, den ich mir selbst eingebrockt hatte.

»Wir vertreten die Händler im Bazar von Tauf und ersuchen um eine Audienz beim Großen Skeeve.«

»In welcher Angelegenheit?« wollte mein Ausbilder wissen.

Der Täufler fixierte ihn mit einem eisigen Blick.

»Wir suchen den Großen Skeeve und keine eitle Plauderei mit einem Perversen.«

»Nun, zufällig ist dieser Per*fekter* aber der Manager des Großen Skeeve, und dieser vergeudet seine Zeit nicht mit Täuflern, es sei denn, daß sie vorher meine Einwilligung eingeholt hätten.«

Beinahe hätte ich etwas gesagt, aber ich überlegte es mir dann doch anders. Sorgen hin, Sorgen her, dies war nicht der Moment, Aahz die Gesprächsführung zu entreißen.

Der Täufler zögerte, dann zuckte er die Achseln.

»Im Bazar gibt es ein neues Problem«, erläuterte er. »Eine Gruppe organisierter Verbrecher hat sich Zutritt zu unserer Dimension verschafft und droht nun, den normalen Geschäftsablauf zu stören, wenn wir ihnen nicht einen Teil unserer Gewinne abtreten.«

Tanda und Chumly wechselten einen Blick, während Massha mich mit einer hochgezogenen Augenbraue musterte. Ich für meinen Teil betrachtete mit größter Aufmerksamkeit die Zimmerdecke. Nur Aahz blieb unbeeindruckt.

»Pech! Und was hat das mit dem Großen Skeeve zu tun?« wollte er wissen.

Da ich wußte, wie die Antwort lauten würde, überlegte ich, ob ich kämpfen oder davonlaufen sollte.

»Ist das nicht offensichtlich?« Der Täufler legte die Stirn in Falten. »Wir wünschen, seine Dienste in Anspruch zu nehmen, um uns gegen diese Bedrohung zur Wehr zu setzen. Wie wir die Sache sehen, ist er der einzig verfügbare Magiker, der der Sache gewachsen ist.«

Das haute mich vom Sockel. Von allen merkwürdigen Wendungen, die die Sache hätte nehmen können, war diese mit Abstand die unerwartetste und die ... na ja, bizarr-
ste!

»Verstehe«, murmelte Aahz mit einem bösartigen Funkeln in den Augen. »Ihr seid euch ja wohl der Tatsache bewußt, daß die Zeit des Großen Skeeve kostbar ist und daß eine solche Aufgabe nach einer angemessenen Bezahlung verlangt?«

Da klingelten bei mir sämtliche Alarmglocken.

»Äh ... Aahz?«

»Halt's Maul, K... ich meine, übt Euch etwas in Geduld, Meister Skeeve. Die Angelegenheit wird gleich geregelt sein.«

Ich konnte es nicht mitansehen.

Daher schritt ich ans Fenster und starrte hinaus. Über meine Schulter hinweg, konnte ich mit anhören, wie Aahz astronomische Summen nannte und begriff, daß es wohl doch noch einen Ausweg geben könnte. Wenn Aahz habgierig genug war und der Täufler geizig genug ...

»Abgemacht!« sagte der Sprecher in diesem Moment.

»... natürlich ist das nur der Vorschuß«, hakte Aahz nach. »Die vollständige Bezahlung erfolgt erst, nachdem der Auftrag erledigt wurde.«

»Abgemacht!« sagte der Sprecher.

»... und das ist natürlich nur die Entlohnung. Die Spesen werden getrennt abgerechnet und bezahlt.«

»Abgemacht! Der Vorschuß erwartet euch bei eurer Ankunft. Noch etwas?«

Über die Großzügigkeit des Täuflers war Aahz so baff, daß ihm keine weiteren Daumenschrauben mehr einfielen, mit denen er noch größere Summen aus ihm hätte herausquetschen können.

Mit einem erneuten *Bampf* war die Delegation wieder verschwunden.

»Na, wie war das?« krähte Aahz. »Endlich habe ich mal einem Täufler das Fell über die Ohren gezogen!«

»Wie hieß das noch, was du immer zu sagen pflegst, wenn jemand meint, er hätte ein gutes Geschäft mit einem Täufler gemacht?« fragte ihn Tanda zuckersüß.

»Später!« antwortete mein Mentor barsch. »Jetzt müssen wir erst mal unsere Sachen packen und rüber in den Bazar hüpfen, um den Gegner auszukundschaften.«

»Wir wissen bereits, wer der Gegner ist.«

»Wie bitte, Junge?«

Ich drehte mich zu ihm um.

»Der Gegner ist das Syndikat. Erinnerst du dich? Die Verbrecherorganisation, die Big Julies Armee finanziert hat?«

Aahz musterte mich eindringlich, und dabei überzog ein düsterer Ausdruck sein Gesicht.

»Und wo hast du diese kleine Information her, wenn ich fragen darf?«

Ich hielt seinem Blick stand.

»Das ist die andere kleine Sache, in der ich deinen Rat einholen wollte.«

XV

»Im Kampf mit dem organisierten Verbrechen hilft nur Glück oder Magik.«

Frater V.·.D.·.

»Jetzt wollen wir noch mal überprüfen, ob ich auch alles richtig verstanden habe«, knurrte Aahz und schritt vor unseren besorgten Blicken auf und ab. »Wir müssen also das Syndikat daran hindern, den Bazar zu übernehmen, ohne daß sie merken dürfen, daß wir gegen sie arbeiten, und ohne daß die Täufler merken, daß wir das Syndikat überhaupt erst auf den Bazar losgelassen haben. Stimmt's?«

»Du schaffst das schon, Aahz«, bestätigte ich ihm eifrig.

Diesmal bedurfte es keines falschen Enthusiasmus meinerseits. Während ich in weniger teniger kniffligen Angelegenheiten im Alleingang ganz saubere Arbeit geleistet hatte, war ich doch nur zu bereit, in Sachen geplanter Raffiniertheit Ehre zu geben, wem Ehre gebührt, und meinen Meister anzuerkennen. Vielleicht gab es irgendwo dort draußen in den zahllosen Dimensionen ja jemanden, der noch besser als Aahz darin war, sich auf die krumme Tour aus Schwierigkeiten herauszumanövrieren, aber wenn dem so sein sollte, dann bin ich ihm jedenfalls bisher noch nicht begegnet.

»Natürlich schaffe ich das«, erwiderte mein Ausbilder

mit zuversichtlichem Augenzwinkern. »Ich möchte nur, daß alle zugeben, daß es nicht gerade leicht sein wird. Dieses ganze Gerede über den Großen Skeeve hat mich ein bißchen verunsichert.«

»Ein bißchen?« Tanda feixte.

»Ich schätze, das ist schon in Ordnung«, sagte Chumly und knuffte seine Schwester mit dem Ellenbogen. »Ich habe schon viel davon gehört, wie gut Aahz sein kann, wenn er sich erst mal richtig ins Zeug legt. Ich für meinen Teil brenne richtig darauf, zuzuschauen, wie er diese ziemlich haarige Sache ganz allein in den Griff kriegt.«

Aahz' Schultern sackten ein Stück ab als er leise seufzte.

»Hoppla! Halt! Vielleicht habe ich mich in meiner Begeisterung ein wenig mißverständlich ausgedrückt. Was ich *eigentlich* sagen wollte, ist, daß mein schleimiger, aber wendiger Verstand zwar einen *Plan* entwickeln kann, um diese Nummer abzuziehen. Aber die Ausführung dieses Plans hängt natürlich von den Fähigkeiten und dem guten Willen meiner geschätzten Kollegen ab. Ist es so besser, Chumly?«

»Durchaus«, nickte der Troll.

»Da wir das nun erledigt hätten«, unterbrach Gus uns ungeduldig, »wäre es mir lieb, wenn wir endlich weitermachen könnten. Das hier ist schließlich *mein* Geschäft, müßt ihr wissen, und je länger ich den Laden geschlossen halte, um so mehr Geld büße ich dabei ein.«

Für diejenigen unter Ihnen, die die vorigen Erklärungen überlesen haben sollten: Gus ist ein Wasserspeier. Und er ist außerdem der Inhaber des Gasthauses zum Gelben Halbmond, dem führenden Schnellimbiß im Bazar, unserem gegenwärtigen Hauptquartier. Wie Chumly und Tanda, hat auch er mir schon aus so mancher Klemme geholfen, und sobald er von unserer momentanen Krise hörte, hatte er spontan seine Hilfe angeboten. Doch wie jeder, der im Bazar seinen Lebensunterhalt verdient, wirft er gewohnheitsgemäß immer auch ein Auge auf die Kasse. Da er seinen Laden geschlossen hatte, damit wir eine Operationsbasis für den kommenden Feldzug zur Verfügung hatten, wurmten ihn instinktiv die dadurch entgangenen Profite ein wenig.

Da hatte ich eine Idee.

»Immer mit der Ruhe, Gus«, beschwichtigte ich ihn. »Nenn uns deinen Tagesumsatz, schlag einen vernünftigen Profit drauf, dann werden wir dich entsprechend bezahlen, wenn diese Sache ausgestanden ist.«

»Was?« kreischte mein Mentor und verlor für einen Augenblick jede Selbstbeherrschung. »Bist du verrückt geworden, Bürschchen? Wer soll denn das bezahlen, he?«

»Die Händler von Tauf«, erwiderte ich gelassen. »Wir verfügen schließlich über ein Spesenkonto, erinnerst du dich? Ich finde, es ist durchaus vertretbar, ein Haus zu mieten, während wir einen Auftrag durchführen, meinst du nicht auch?«

»Oh. Stimmt. Entschuldigung, Gus, du weißt schon – angeborene Reflexe.«

Aahz' Verwirrung war nur von kurzer Dauer. Dann verengten sich seine Augen wieder nachdenklich.

»Wenn wir euch alle auf die Spesenliste setzen, dann fällt euer Lohn unter den Posten ›Beraterhonorare‹ und kratzt nicht mal unseren eigenen Gewinn an. Das gefällt mir.«

»Bevor du dich allzusehr hinreißen läßt«, warf Tanda schnell ein, »ich glaube, mein großer Bruder und ich würden lieber auf Anteilbasis arbeiten als gegen Pauschalhonorar.«

»Aber Süße«, blinzelte Massha, »du kennst doch seinen

Plan noch gar nicht. Wieso glaubst du, daß eine Gewinnbeteiligung dir mehr einbringen wird als eine Pauschale? ... Ich meine, so von Frau zu Frau?«

»Von Frau zu Frau«, erwiderte Tanda zwinkernd, »du hast noch nie mit Aahz zusammengearbeitet. Ich dagegen schon, und wenn er auch nicht gerade der beste Mannschaftskamerad sein mag, habe ich ein unerschütterliches Vertrauen in seine Gewinnspannen.«

»Da wir schon beim Thema sind«, meldete sich Aahz und musterte Massha mit hartem Blick. »Wir haben tatsächlich noch nie zusammengearbeitet, also wollen wir lieber gleich zu Anfang die Regeln festlegen. Ich habe nämlich meinen eigenen Stil, mußt du wissen, und da bleibt nicht viel Zeit für Artigkeiten wie ›bitte‹ und ›danke‹ übrig. Solange du tust, was man dir sagt und wenn man es dir sagt, kommen wir gut miteinander aus. Korrekt?«

»Falsch!«

Meine Erwiderung platzte heraus, bevor Massha ihre eigene Antwort formulieren konnte. Irgendwie nahm ich unterbewußt wahr, daß es im Zimmer plötzlich sehr still geworden war, aber der größte Teil meiner Aufmerksamkeit richtete sich auf Aahz, der nun langsam den Kopf zu mir herüber drehte, bis sein Blick auf den meinen traf.

»Jetzt hör mal gut zu, Kind ...«, begann er in gefährlichem Ton.

»Jetzt hör *du* mal gut zu, Aahz!« explodierte ich. »Ich mag ja *dein* Lehrling sein, aber Massha ist *meiner*. Wenn sie unsere Abmachung aufkündigen und bei dir anheuern will, soll mir das durchaus recht sein, wunderbar. Aber bevor sie das getan hat, ist sie *meine* Schülerin und untersteht somit *meiner* Verantwortung. Wenn du meinst, daß sie eine Hilfe sein kann, dann schlägst du mir das vor und *ich* entscheide, ob sie dazu fähig ist oder nicht. Es gibt eine Lektion, die du mir immer wieder eingehämmert hast, o du mein Mentor, ob du das nun wolltest oder nicht: Niemand tritt dem eigenen Lehrling auf die Füße außer man selbst … *niemand!* Wenn du mir diese Lektion eigentlich nicht beibringen wolltest, dann solltest du vielleicht das nächste Mal, wenn du dir einen Lehrling nimmst, ein bißchen vorsichtiger sein, was du selbst ihm für ein Beispiel gibst.«

»Ich verstehe«, murmelte Aahz leise. »Du wächst wohl langsam aus deinen Kinderschuhen, was, Junge?«

»Eigentlich nicht. Ich bin mir immer noch schmerzlich bewußt, was ich alles noch *nicht* weiß, vielen Dank! Aber das hier ist mein Auftrag, zumindest ist er in meinem Namen angenommen worden, und ich will mein Bestes geben … so unzulänglich das auch sein mag. Und bei dieser Aufgabe brauche ich deine Hilfe, Aahz … ach herrje, ich werde deine Hilfe wahrscheinlich immer brauchen. Du bist mein Lehrer, und ich habe noch eine Menge zu lernen. Aber ich werde auch nicht gleich tot vom Stuhl fallen, wenn ich es nicht tue. Wenn der Preis deiner Hilfe darin besteht, daß ich meinen Auftrag und meine Schülerin an dich abgeben muß, dann vergiß es. Dann muß ich es eben ohne dich versuchen.«

»Die werden dir das Hirn aus dem Schädel klopfen.«

»Kann sein. Ich habe ja nicht gesagt, daß ich auch gewinnen werde, sondern nur, daß ich mein Bestes geben werde. *Du* bist es, der das Beste aus mir herausholt, Aahz. Du zwingst mich zu Sachen, die mir Angst einjagen, aber bisher habe ich mich immer irgendwie durchgewurstelt. Ich brauche deine Hilfe zwar, aber nicht *unbedingt*. Selbst wenn du es mir gegenüber nicht zugeben willst, solltest du es zumindest dir selbst gegenüber zugeben.«

Damit verstummten wir beide.

Was mich betraf, so wußte ich nichts mehr zu sagen. Bisher hatten mich meine Wut und Aahz' Reaktionen angetrieben. Doch plötzlich reagierte mein Mentor nicht mehr. Statt dessen starrte er mich mit ausdruckslosen gelben Augen an und sagte kein einziges Wort.

Es war mehr als nur zermürbend. Wenn Aahz eine Eigenschaft besaß, auf die ich stets hatte zählen können, so war es seine Ausdrucksfähigkeit. Ob es aus Mimik, Gestik, Grunzen oder verbalen Explosionen bestand – stets ließ mein Ausbilder jeden in seiner unmittelbaren Nähe wissen, was er über irgendein Ereignis oder über irgendeine Äußerung dachte oder wie er gefühlsmäßig dazu stand. Im Augenblick jedoch war ich mir nicht sicher, ob er gleich explodieren oder einfach nur auf und davon gehen würde.

Ich begann, erste Reue zu empfinden, weil ich diese Konfrontation herbeigeführt hatte. Doch dann wurde ich hart. Was ich gesagt hatte, war richtig gewesen und mußte gesagt werden. Mir kam der Gedanke, daß ich Aahz durch diese Auseinandersetzung möglicherweise verlieren würde. Meine Entschlossenheit geriet ins Wanken. Recht hin, Recht her, ich hätte es besser formulieren können ... sanfter. Ich hätte mir wenigstens einen anderen Zeitpunkt auswählen können und die Sache nicht ausgerechnet dann anzetteln müssen, wenn alle unsere Freunde anwesend waren und zuhörten. Vielleicht ...

Aahz wandte sich abrupt ab und drehte sich zu Tanda und Chumly um.

»*Jetzt* glaube ich euch beiden«, erklärte er. »Das Kind hier hat den Schlamassel auf Klah wohl *wirklich* ganz allein hingebogen, wie?«

»Das haben wir dir doch die ganze Zeit zu sagen versucht, alter Knabe«, blinzelte der Troll. »Dein Lehrling wird erwachsen, und wir haben den Eindruck, daß er in letzter Zeit mehr als fähig dazu ist, allein auf beiden Beinen zu stehen.«

»Ja, das habe ich gemerkt.«

Er musterte mich wieder, und diesmal waren seine Augen keineswegs ausdruckslos. Ich konnte ihren Ausdruck zwar nicht entziffern, aber wenigstens besaßen sie nun einen.

»Kind ... Skeeve«, sagte er. »Wenn ich mich jemals gefragt habe, warum ich mir die Mühe gemacht habe, dich unter meine Fittiche zu nehmen, dann hast du mir jetzt die Antwort darauf gegeben. Danke.«

»Äh ... Danke. Ich meine, bitte. Nein, ich meine ...«

Wie stets mochte ich mich auch diesmal angesichts des Unerwarteten nicht sofort festlegen. An Aahz' Standpauken und Tiraden hatte ich mich schon gewöhnt, aber wie ich *hiermit* umgehen sollte, wußte ich nicht. Zum Glück kam mir nun mein Maskottchen zu Hilfe.

»Gliep?« fragte es und steckte den Kopf durch die Tür.

»... aber wenn du jemals irgendwas, das ich dich gelehrt habe, diesem Drachen beibringen solltest«, brüllte mein Ausbilder, »dann gehen wir beide für ein paar Runden in den Ring. Haben wir uns verstanden, Lehrling?«

»Ja, Aahz.«

In Wirklichkeit hatte ich ihn nicht verstanden. Aber dies schien mir nicht der richtige Zeitpunkt zu sein, ihn um Aufklärung zu bitten.

»Raus mit dir, Gliep!« befahl ich. »Geh und spiel mit Butterblume oder so.«

»Gliep!« Der Kopf meines Drachen verschwand ebenso schnell, wie er erschienen war.

»He, sag mal, heißer Junge«, vernahm ich Massha

gedehnt. »Ich weiß es ja zu schätzen, daß du für mich einstehst, aber ich bin trotzdem 'n bißchen neugierig, was der Große Grüne da für 'n Plan auf Lager hat.«

»Stimmt!« Ich nickte, froh, mich nicht länger auf dem Schleudersitz zu befinden. »Entschuldigung, Aahz, ich wollte dich nicht unterbrechen. Was hast du für einen Plan?«

»Nun, als erstes«, erläuterte Aahz und nahm seine gewohnte Position im Mittelpunkt der Aufmerksamkeit wieder ein, »möchte ich Gus eine Frage stellen. Was hat das Syndikat denn bisher unternommen, um hier die Oberhand zu gewinnen?«

»Nach allem, was ich höre«, erwiderte der Wasserspeier, »knöpfen die sich einen Händler nach dem anderen vor und versuchen, ihm eine Art ›Versicherung‹ anzudrehen. Ihr wißt schon, so nach dem Motto: ›Zahl uns soundsoviel von deinen Einnahmen, dann passiert deinem Geschäft nichts.‹ Wenn jemand nicht gleich unterschreibt, bieten sie ihm eine kleine Vorstellung, was alles passieren könnte: wenn zum Beispiel ›aus Versehen‹ Ware kaputt geht oder sich ein paar Gorillas draußen aufbauen und die Kunden belästigen. Bisher waren sie ziemlich erfolgreich. Täufler lassen sich nicht gerne Geschäfte entgehen.«

»Gut«, grinste mein Ausbilder, wobei er jeden einzelnen seiner zahlreichen spitzen Zähne zeigte. »Dann können wir sie schlagen.«

»Wie denn?«

Wenn ich eins gelernt hatte, so die Kunst, Aahz die richtigen Stichworte im richtigen Moment zu liefern.

»Ganz einfach. Stellt euch doch mal folgende Frage: Wenn ihr ein Täufler wärt und dem Syndikat etwas dafür zahlen würdet, daß es euer Geschäft beschützt, die Sache aber trotzdem schief ginge, was würdet ihr dann tun?«

»Auf diese Frage weiß ich eine Antwort«, meldete sich Massha. »Ich würde entweder besseren Schutz verlangen, lautstark mein Geld zurückfordern oder beides.«

»Das verstehe ich nicht«, warf ich stirnrunzelnd ein. »Was soll denn einem vom Syndikat beschützten Geschäft passieren?«

»Wir«, grinste Aahz.

»Was unser Chefstratege sagen will«, erklärte Chumly, »ist, daß Angriff die beste Verteidigung ist. Nicht gerade fürchterlich originell, aber trotzdem effektiv.«

»Da hast du verdammt recht, und ob das effektiv ist«, rief mein Mentor. »Anstatt uns gegen das Syndikat zu verteidigen, werden wir hier im Bazar eine Verbrechenswelle auslösen. Dann werden wir mal sehen, wie gut sich das Syndikat gegen *uns* verteidigen kann!«

XVI

»Es ist immer leichter, etwas zu zerstören als etwas aufzubauen.«

General, Armee und
Epoche nach Belieben

»He, Guido! Wie geht's?«

Der große Leibwächter wirbelte herum und musterte die Menge, um auszumachen, wer ihn gerufen hatte. Als er mich erblickte, hellte sich seine Miene auf.

»Mister Skeeve!«

»Hätte ja nie gedacht, daß ich dich hier treffe!« log ich.

Aus Gus' Beschreibung wußte ich, daß Guido und sein Vetter Nunzio zum Bazarkontingent des Syndikats gehörten. Diese »zufällige Begegnung« war das Resultat einer beinahe halbtägigen Recherche, bei der wir auch allerlei Gerüchten nachgegangen waren.

»Was machst du denn hier?« fragte er vertraulich. »Kaufst wohl ein paar Kleinigkeiten ein, mit denen du den Leuten in Possiltum eins überbraten kannst, wie?«

»Mache nur ein bißchen Urlaub. Diese neue Königin und ich kommen nicht besonders gut miteinander zurecht. Ich dachte mir, daß sich der Staub vielleicht ein bißchen legt, wenn ich für eine Weile verschwinde.«

»Schade. Wenn du beim Einkaufen wärst, hätte ich dir ein paar ›Sonderangebote‹ beschaffen können, wenn du verstehst, was ich meine.«

»Dann haut ihr Jungs hier tatsächlich rein?« fragte ich bewundernd. »Wie läuft's denn? Irgendwelche Probleme?«

»Nö«, prahlte der Leibwächter und plusterte sich auf. »Du hast recht gehabt. Diese Täufler sind wirklich Händler wie überall. Man braucht ihnen bloß ein bißchen auf die Füße zu treten, dann sind sie sofort auf deiner Seite.«

»Sag bloß, du erledigst das hier ganz allein! Ich meine, ich weiß ja, daß du gut bist, aber ...«

»Machst du Witze? Ich bin jetzt Manager ... na ja, wenigstens Bandenchef. Nunzio und ich haben jeder ein Dutzend Männer hier, die wir rumscheuchen können, weil wir uns im Bazar so gut auskennen. Nicht schlecht, was?«

»Soll das heißen, daß du diese ganze Operation leitest?«

»Das ist Winkel-kats Aufgabe. Ich und Nunzio, wir machen ihm Meldung, aber wir sind es, die den Jungs die Befehle erteilen.«

Ich blickte mich erwartungsvoll um.

»Ist deine Mannschaft hier? Ich würde sie gerne mal kennenlernen.«

»Nö. Diesen Distrikt haben wir schon vor ein paar Tagen durchkämmt. Ich bin gerade unterwegs zu ihnen, um ihnen die Tagesbefehle zu überbringen. Heute knöpfen wir uns den Distrikt mit den Viehgehegen vor.«

»Und Nunzios Truppe?«

»Die befindet sich ungefähr drei Stunden westlich von hier. Weißt du, dieser Bazar hier ist wirklich riesig!«

Ich setzte mein enttäuschtestes Gesicht auf.

»Schade, ich hätte zu gern mal ein paar von den Burschen getroffen, die die *richtige* Arbeit machen.«

»Ich will dir was sagen!« rief Guido. »Warum kommst du nicht irgendwann mal in Fat's Spaghettipinte? Da hängen wir immer rum. Wenn wir mal nicht da sind, können die dir sagen, wo du uns finden kannst.«

»Das werde ich machen. Na schön, arbeite nicht zu viel ... und sei vorsichtig. Diese Jungs können gemeiner sein, als sie aussehen.«

»Kinderspiel!« lachte er und ging weiter.

Ich winkte noch immer fröhlich der verschwindenden Gestalt hinterher, als der Rest meiner eigenen »Bande« sich aus der Menge löste und sich um mich scharte.

»Habt ihr alles mitbekommen?« fragte ich aus dem Mundwinkel.

»Zwei Trupps, davon einer nicht in dieser Gegend. Winkel-kat überwacht die Sache und sackt folglich auch die Kohle ein«, wiederholte Tanda. »Diese Gegend ist sowohl sauber als auch unter ihrem Schutz.«

»Fat's Spaghettipinte ist ihr Hauptquartier, und dort finden wir auch Winkel-kat«, beendete Chumly ihre Ausführungen. »Noch was?«

»Ja«, grinste Aahz. »Skeeve ist eingeladen, vorbeizuschauen, wann er Lust hat, und wenn er das tut, werden sie ihm auch verraten, welcher Trupp wann in welchem Gebiet arbeitet. Saubere Arbeit.«

»Glück«, gestand ich ohne jede Verlegenheit. »Gut, fangen wir an?«

»Klar«, nickte Aahz. »Genau nach Plan, Tanda und Chumly sind ein Team, Gus, du gehst mit mir. Skeeve und Massha, ihr beginnt hier. Wir bewegen uns alle in verschiedene Richtungen und gehen in unterschiedlichen Rhythmus vor, damit wir kein erkennbares Muster hinterlassen. In Ordnung?«

»Eine Sache noch«, sagte ich. »Achtet auf eure Tarnung. Ich weiß nicht genau, auf welche Entfernung ich den Zauber aufrecht erhalten kann. Wenn eure Tarnung anfangen sollte, dünner zu werden, dann ändert die Richtung, damit ihr euch wieder in meiner Nähe befindet.«

»Wir treffen uns im Gelben Halbmond«, schloß Gus. »Und achtet auf Rückendeckung. Soviel Erste-Hilfe-Zeug hab ich nämlich nicht auf Lager.«

»Gute Idee«, lobte ich. »Also gut, genug geredet. Verteilen wir uns und bereiten wir dem Syndikat mal ordentliche Kopfschmerzen.«

Die beiden anderen Gruppen waren bereits in der Menge untergetaucht, bevor ich mich überhaupt zu Massha umdrehen konnte.

»Na, hast du etwas entdeckt, wo wir es mal versuchen sollten?«

»Weißt du, langsam klingst du schon wie der Troll.«

Das klang ein wenig abrupter als es sonst Masshas Art war. Ich studierte sie eingehend.

»Hast du irgendwelche Sorgen?«

»Bin wohl bloß ein bißchen nervös«, gestand sie. »Ist dir schon mal aufgefallen, daß dieser Plan einen dicken Pferdefuß hat? Daß wir ihn nur durchführen können, indem wir nicht nur das Syndikat sondern auch den ganzen Bazar gegen uns aufbringen?«

»Ja, das ist mir aufgefallen.«

»Jagt dir das keine Angst ein?«

»Doch, tut es.«

»Hm, und wie gehst du damit um?«

»Indem ich so wenig wie möglich darüber nachdenke«, antwortete ich knapp. »Hör mal, Lehrling, abgesehen davon, daß wir gelegentlich einmal bei Hofe ein paar Tricks vorführen, um die Massen zu unterhalten, ist dieser unser Beruf auch ziemlich gefährlich. Wenn wir erst mal damit anfangen, über alles nachzugrübeln, was in der Zukunft schiefgehen könnte, bewegen wir uns irgendwann entweder überhaupt nicht mehr vom Fleck, oder wir stolpern kopfüber in die Gegenwart hinein, weil wir uns nicht auf das konzentrieren, was wir *jetzt* zu tun haben. Ich versuche zwar, mir der möglichen Gefahren einer Situation bewußt zu werden, aber ich mache mir keine Gedanken über irgendwelche Schwierigkeiten, bis sie schließlich eintreten. Das ist zwar eine etwas wackelige Taktik, aber bisher hat sie noch immer funktioniert.«

»Wenn du meinst.« Sie seufzte. »Na schön, dann mach mich mal zurecht, damit wir anfangen können.«

Mit meiner geistigen Kraft veränderte ich ihr Aussehen. Anstelle einer massigen Frau war sie nun ein massiger Mann ... in gewissem Sinne. Ich hatte in letzter Zeit ein wenig mit Farben experimentiert, und so verfärbte ich sie purpurn und gab ihr rötliche Koteletten, die ihre Arme entlang bis zu den Fingerknöcheln hinabwuchsen. Dazu ein paar krallenähnliche Hörner an den Ohrspitzen und eine grobkörnige, ledrige Haut für Gesicht und Hände, und schon hatten wir ein Wesen, mit dem *ich* mich lieber nicht angelegt hätte.

»Interessant«, meinte Massha und schnitt eine Grimasse als sie begutachtete, was sie von sich erkennen konnte. »Hast du das selbst erfunden, oder gibt es etwa irgendeine fiese Dimension, in der ich noch nicht gewesen bin?«

»Das ist meine eigene Création«, gab ich zu. »Den Ruf, den du dir hier aufbauen wirst, wünsche ich keiner Dimension, die ich kenne. Sagen wir, du bist ein Wersdas aus Wer.«

»Wer?«

»Genau.«

Sie rollte verzweifelt die Augen.

»Heißer Junge, tu mir einen Gefallen und bring mir bloß Magik bei, ja? Behalt deinen Sinn für Humor für dich. Ich habe schon genug Feinde.«

»Wir brauchen immer noch ein Ziel«, sagte ich ein wenig pikiert.

»Wir wär's denn mit dem dort? Das sieht mir ziemlich zerstörbar aus.«

Ich blickte in die angezeigte Richtung und nickte.

»Gut genug. Zähl bis zwanzig. Wenn sie kein Schutzgeld bezahlt haben, komme ich wieder raus. Wenn ich bis dahin jedoch nicht wieder erschienen bin, sind sie Freiwild. Dann gib dein Schlimmstes.«

»Weißt du«, lächelte sie und rieb sich die Hände, »das könnte direkt Spaß machen.«

»Vergiß bloß nicht, daß *ich* da drin bin, bevor du beschließt, wie dein ›Schlimmstes‹ heute aussehen soll.«

Der Laden, den sie ausgesucht hatte, war ein kleines, dreiwandiges Zelt mit einer gestreiften Spitze. Darin befanden sich Regale, die mit verkorkten Flaschen aller Größen und Farben vollgestopft waren. Als ich eintrat, bemerkte ich, daß jede Flasche etwas anderes enthielt – rauchige Dinger, die herumwaberten, als wären sie lebendig.

»Kann ich Ihnen helfen, mein Herrrr?« fragte der Besitzer und verzog das Gesicht zu dem, was er sicherlich für ein gewinnendes Lächeln hielt.

»Ich schau mich nur um«, gähnte ich. »Genau genommen will ich mich nur mal von dem Gerede entspannen. Alles und jeder redet nur noch über diesen Haufen Schlägertypen, die Versicherungen verkaufen.«

Die Miene des Täuflers verfinsterte sich und er spuckte aus dem Eingang hinaus ins Freie.

»Versicherung! Erpressung nenne ich das! Die haben zwei meiner Schätze vernichtet, bevor ich sie aufhalten konnte, um ihre Dienste in Anspruch zu nehmen. Das war ein schwarzer Tag, als die im Bazar aufgetaucht sind.«

»Ja, ja. Glaub mir, das habe ich alles schon mal gehört.«

Nachdem ich also festgestellt hatte, daß dieser Laden tatsächlich unter dem Schutz des Syndikats stand, begann ich, mich den Auslagen zu widmen.

Mit gespielter Gleichgültigkeit nahm ich eine kleine Flasche auf, kaum größer als eine handbreit, und musterte den Inhalt. Ich sah undeutliche Bewegungen und ein mattes Glitzern.

»Vorsicht!« warnte der Besitzer. »Wenn man einen Djinn erst einmal freigelassen hat, kann man ihn nur noch beherrschen, indem man ihn beim Namen ruft.«

»Einen Djinn?«

Der Täufler betrachtete mich berechnend. Da ich nicht die Schmutzarbeit zu machen brauchte, war ich nicht getarnt und sah aus wie … na ja, wie ich eben.

»Ich glaube, in Klah nennt man sie Flaschengeister.«

»Oh. Du hast ja eine ziemlich große Sammlung hier.«

Der Täufler schwoll unter meinem Lob regelrecht an.

»Junger Herrrr, lassen Sie sich nicht von der kleinen Auswahl meines armseligen Geschäfts täuschen. Sie sind äußerst selten. Ich habe höchstpersönlich alle Dimensionen bis an ihren äußersten Rand durchkämmt … unter großen persönlichen Unkosten, wie ich vielleicht hinzufügen darf … um diese wenigen Exemplare ausfindig zu machen, die es wert sind …«

Ich fragte mich gerade, wann Massha wohl endlich einzutreten gedachte. Doch da kam sie schon. Und wie sie kam! Direkt durch eine Zeltwand.

Mit einem beinahe melodischen Ton kippte das Regal an dieser Wand um und ließ seine Flaschen zu Boden poltern. Die freigelassenen Djinns stoben in einer Wolke in die Höhe und strömten durch die offene Zeltseite, wobei sie vor unmenschlichem Jubel kreischten.

Der Täufler war verständlicherweise ziemlich erregt.

»Du Idiot!« gellte er. »Was machst du da?«

»Ziemlich wacklige Regale«, dröhnte Massha mit dunkler Reibeisenstimme.

»Wacklige Regale?«

»Klar doch. Ich meine, ich hab doch bloß ...«

Sie schubste eines der beiden verbliebenen Regale, das zuvorkommenderweise direkt in das andere kippte.

Diesmal machten sich die Djinns nicht einmal mehr die Mühe, den Ausgang zu benutzen. Sie schossen gen Himmel und nahmen dabei gleich die Zeltspitze mit, während sie der Freiheit entgegenkreischten.

»Meine Ware! Mein Zelt! Wer soll das bezahlen?«

»Das heißt Wersdas, und ich bezahle bestimmt nicht«, konterte Massha. »Ich hab gar kein Geld.«

»Kein Geld?« keuchte der Besitzer.

»Nein. Ich bin bloß reingekommen, um mich vor dem Regen unterzustellen.«

»Regen? Regen? Aber es regnet doch gar nicht!«

»Nicht?« Mein Lehrling blinzelte. »Na gut, dann: Auf Wiedersehen.«

Damit stapfte sie davon, wobei sie noch ein weiteres Loch in die Zeltwand riß.

Der Täufler versank in den zerschepperten Überresten seiner Ware und legte die Hände vors Gesicht.

»Ich bin ruiniert!« stöhnte er. »Ruiniert!«

»Entschuldige die Frage«, begann ich. »Aber warum hast du sie denn nicht beim Namen gerufen und wieder eingefangen?«

»Sie beim Namen rufen? Ich kann mir doch nicht den Namen eines jeden Djinns merken, den ich auf Lager habe. Ich muß sie immer erst nachschlagen, wenn ich einen verkaufe.«

»Na ja, dieses Problem hast du ja jetzt nicht mehr.«

Das brachte ihn wieder auf Touren.

»Ruiniert!« wiederholte er überflüssigerweise. »Was soll ich jetzt nur tun?«

»Ich weiß gar nicht, weshalb du dich so aufregst«, meinte ich. »Hast du nicht gerade erzählt, daß du versichert wärst?«

»Versichert?«

Der Täufler hob langsam den Kopf.

»Aber ja. Du bezahlst doch gerade dafür, daß solche Sachen nicht passieren, nicht wahr? Na, und nun ist es eben doch geschehen. Ich finde, daß, wer immer deinen Laden nun beschützen mag, dir eine Erklärung schuldet, ganz zu schweigen von einigem Geld.«

»Das stimmt!« Nun lächelte der Besitzer wieder. »Eher letzteres als ersteres, aber du hast recht!«

Jetzt hatte ich ihn endlich soweit. Nun bedurfte es nur noch des Gnadenstoßes.

»Ich will dir was sagen. Nur damit dir nicht der ganze Tag völlig versaut ist, werde ich den hier nehmen. Nun brauchst du deinen Laden nicht mehr wegen eines einzigen Djinn geöffnet lassen.«

Ich schnippte ihm die kleinste Münze zu, die ich in der Tasche hatte. Seiner Herkunft treu, zog er bereits eine verächtliche Grimasse, als er sie aus der Luft fing.

»Das ist doch nicht dein Ernst«, sagte er. »Das hier? Für einen Djinn? Das deckt doch nicht mal die Kosten für die Flasche!«

»Guter Mann, nun mach aber mal einen Punkt!« widersprach ich. »Wir sind schließlich beide Männer von Welt... oder von Dimension. Wir wissen doch beide, daß das ein klarer Profit ist.«

»Ein Profit?« Er runzelte die Stirn.

»Natürlich«, sagte ich und zeigte auf die Glasscherben am Boden. »Da kann doch niemand mehr feststellen, wieviele Flaschen gerade zu Bruch gegangen sind. Ich weiß genau, daß du diese hier einfach auf die Liste der verlorengegangenen Ware setzen und die volle Versicherungssumme einstreichen wirst, *zusätzlich* zu dem Geld, das ich dir gerade gegeben habe. Wenn man's genau nimmt, könntest du wahrscheinlich sogar fünf oder sechs Flaschen mehr auf die Liste setzen, wenn dir nach etwas mehr Geld zumute wäre.«

»Das stimmt«, murmelte der Täufler nachdenklich. »He, vielen Dank! Die Sache könnte sich anscheinend doch noch zum Guten wenden!«

»Keine Ursache«, entgegnete ich achselzuckend und musterte die kleine Flasche in meiner Hand. »Und nun, da wir uns über den Preis einig sind, könntest du vielleicht so freundlich sein, den Namen meines Djinns nachzuschlagen?«

»Das brauche ich nicht. Der da ist noch so neu, daß ich ihn behalten habe. Er heißt Kalvin.«

»Kalvin?«

»He, lach nicht! Das ist der neueste Schrei in Sachen Djinns!«

XVII

»Selbst die besten Pläne gehen manchmal schief.«
W. Kojote

»Und wie geht's Ihnen sonst, davon abgesehen?«

»Davon abgesehen?« wiederholte Winkel-kat ungläubig. »Davon abgesehen? Davon abgesehen geht's uns dreckig. Dieses ganze Projekt ist eine einzige Katastrophe.«

»He, das ist aber hart«, sagte ich und bemühte mich um Mitgefühl.

Inzwischen war ich schon fast so etwas wie eine feste Einrichtung von Fat's Spaghettipinte geworden. Jeden Abend kam ich vorbei, um die Fortschritte der Truppe abzuklopfen ... sowohl der fremden als auch meiner.

Es war nett, die Wirksamkeit unserer eigenen Aktivitäten am Gejammer der Gegner ablesen zu können. Es war sogar noch netter, den nächsten Schritt dadurch planen zu können, daß man die Gegenmaßnahmen bereits im Diskussionsstadium erfuhr.

»Ich versteh das immer noch nicht«, protestierte Guido und schlang eine weitere riesige Gabelladung Spaghetti hinunter. »Am Anfang ging alles wunderbar glatt. Nicht die geringsten Schwierigkeiten. Und plötzlich – PENG! trifft die Scheiße auf den Ventilator, wenn ihr wißt, was ich meine?«

»Und ob! Sieht ganz so aus, als wollte uns jemand aus dem Geschäft drängen.«

Das war Vetter Nunzio. Lange hatte ich geglaubt, daß er stumm war. Doch nachdem er sich an meine Gegenwart gewöhnt hatte, taute er ein wenig auf. In Wirklichkeit war Nunzio bloß schüchtern, eine Tatsache, die von seiner quäkenden Piepsstimme noch verstärkt wurde, die nicht eben zu einem Muskelpaket paßte.

»Ich hatte Sie ja gewarnt, daß diese Täufler ganz schön fies werden können«, sagte ich, um das Gespräch von der Möglichkeit eines organisierten Widerstands abzulenken. »Und wenn die Händler schon heimtückisch sind, haben die einheimischen Kriminellen logischerweise noch mehr auf der Pfanne. Nicht wahr, Guido?«

»Das stimmt.« Der Schläger nickte heftig, worauf ihm einige Spaghetti aus dem Mund fielen. »Ehrliche Bürger legen wir Kriminelle in jeder Hinsicht aufs Kreuz. He, hab ich euch eigentlich mal die Geschichte erzählt, als Nunzio und ich ...«

»Halt's Maul, Blödmann!« fauchte Winkel-kat. »Falls es dir noch nicht aufgefallen sein sollte: *Wir* zahlen die Zeche für diese Lokalamateure! *Uns* reißt man finanziell in Stücke, und es ist die Aufgabe eurer Jungs, den Gegner zu erwischen und es ihm heimzuzahlen ... und zwar handfest!«

»Die haben Angst vor uns«, meinte Guido stur. »Wenn wir irgendwo sind, sind sie weg. Wenn wir sie nicht mal aufspüren können, dann *können* sie doch gar nicht so viel Schaden anrichten.«

»Weißt du, Guido, denken war noch nie deine Stärke«, knurrte Winkel-kat. »Ich will es dir mal ganz langsam und geduldig erklären. Bisher haben wir sechs Mal so viel blechen müssen, wie wir eingenommen haben. Wenn du unsere Gehälter und die Spesen noch dazurechnest, dämmert es dir vielleicht, weshalb die Großen Bosse so sauer sind.«

»Aber wir haben doch noch gar nicht so lange abkassiert. Wenn wir unseren Kundenstamm erst mal erweitert haben …«

»Dann müssen wir genausoviel *mehr* blechen«, beendete Winkel-kat Guidos Satz grimmig. »Komm mir bloß nicht mit diesem ›Die-Menge-macht's‹ – Quatsch! Entweder trägt sich eine Operation selbst und fährt *von Anfang an* Gewinn ein, oder sie steckt in Schwierigkeiten. Und wir stecken derart tief in Schwierigkeiten, daß wir auch keine Luft bekämen, selbst wenn wir mit dem Scheitel atmen könnten. Um nicht zu sagen, wir stecken bis über beide Ohren in der Scheiße.«

»Vielleicht sollten wir noch ein paar Jungs von zu Hause kommen lassen …«, fing Nunzio an.

Winkel-kat hieb mit der Handfläche auf den Tisch und schnitt seinem Untergebenen das Wort ab.

»Keine weiteren Ausgabenerhöhungen mehr!« schrie er. »Ich habe auch so schon genug Ärger, den Großen Bossen unsere Gewinn- und Verlustrechnung unterzujubeln, als daß ich auch noch Lust hätte die Fixkosten zu erhöhen. Wir kriegen nicht nur keine weitere Unterstützung mehr, wir werden auch unsere Ausgaben reduzieren, und zwar meine ich damit *sofort*. Sagt den Jungs … he, weshalb grinsen Sie denn so?«

Damit war ich gemeint.

»Och, nichts«, antwortete ich mit Unschuldsmiene. »Es ist nur, daß sie sich einen Augenblick angehört haben wie jemand, den ich in Klah kenne … ein Bursche namens Grimble.«

»J. R. Grimble?« Winkel-kat blinzelte mich an.

Jetzt war es an mir, überrascht zu sein.

»Aber ja doch! Er ist Kanzler und Schatzmeister in Possiltum. Wieso, kennen Sie ihn etwa?«

»Klar. Wir sind zusammen auf die Schule gegangen. Schatzmeister, wie? Nicht schlecht. Wenn ich gewußt hätte, daß er am Hof von Possiltum arbeitet, wäre ich noch ein bißchen geblieben und hätte ›hallo‹ gesagt.«

Irgendwie behagte mir der Gedanke, daß Winkel-kat und Grimble sich kannten, nicht besonders. Es war zwar nicht sehr wahrscheinlich, daß die beiden sich zusammensetzen und ihre Aufzeichnungen vergleichen würden, und selbst wenn dies geschehen sollte, würde Grimble nicht allzu viel über meine taktische Vorgehensweise wissen. Dennoch war es eine unliebsame Erinnerung daran, daß ich hier ein sehr riskantes Spiel mit sehr gefährlichen Leuten spielte.

»Ich glaube trotzdem noch immer, daß da draußen irgendeine Bande am Werk ist«, knurrte Nunzio. »Da läuft viel zu viel ab für einen Haufen unabhängiger Leute.«

»Zur Hälfte hast du recht«, berichtigte Winkel-kat ihn. »Da draußen läuft viel zu viel ab, als daß es eine Bande sein könnte. Keiner hat soviele Sachen auf einmal laufen ... nicht einmal wir!«

»Das verstehe ich nicht, Winkel-kat«, sagte ich mir ehrlicher Neugier.

Der Syndikatsmann gönnte mir ein väterliches Lächeln.

»Natürlich. Als Magiker verstehen Sie nicht sehr viel vom organisierten Verbrechen. Ich will's Ihnen erklären. Wenn das Syndikat sich entschließt, irgendwo einzurükken, dann konzentrieren wir uns immer nur auf ein Gebiet auf einmal ... Sie wissen schon, Schutzgelder abkassieren oder Wettbüros und so. Wenn wir unsere Anstrengungen auf eine Sache konzentrieren, erreichen wir damit eine schnellere Sättigung und Marktpräsenz.«

»Das leuchtet mir ein«, nickte ich, weil ich nicht zugeben wollte, daß ich schon wieder kein Wort verstanden hatte.

»Und nun schauen Sie sich mal an, was hier los ist. Wir bekommen alle möglichen Meldungen und Beschwerden: Vandalismus, Ladendiebstahl, bewaffneter Überfall, sogar ein paar Fälle von Brandstiftung. Das ist ein viel zu großes Durcheinander, um die Arbeit einer einzelnen Gruppe zu sein. Wir haben es hier mit einem Haufen Unabhängiger zu tun, und wenn wir an ein paar von denen ein Exempel statuieren können, werden die anderen schon darauf kommen, daß sie anderswo ein leichteres Spiel haben als bei uns.«

In gewissem Sinne war ich froh, das zu hören. Ich schuldete Aahz einen weiteren anerkennenden Schulterschlag. Er war es, der entschieden hatte, daß unsere Anstrengungen zu begrenzt seien. Um unsere »Verbrechenswelle« zu vergrößern, hatte er die zweifelhafte Praktik des »Versicherungsbetrugs« in Tauf eingeführt ... und die Täufler lernten schnell.

Zu geringer Warenumsatz? Selber alles zerschlagen und eine Vandalismusmeldung einreichen! Will keiner den Laden kaufen, nicht einmal bei günstigem Rabatt? Ganz einfach: Laden abfackeln und die volle Summe abkassieren. Noch besser: Soll die Profitspanne ein bißchen nach oben hin korrigiert werden? Ein paar Lieferscheine und Rechnungen türken und »gestohlene Ware« anmelden. Alles Profit, null Verlust.

Die Täufler waren entzückt. Auf diese Weise konnten sie gleichzeitig Geld scheffeln und dem Syndikat auf die Füße treten. Kein Wunder, daß Winkel-kats Tisch schon bald unter wahren Bergen von Protestbriefen und Schadensmeldungen fast zusammenbrach.

Es war phantastisch ... bis auf diese Geschichte mit dem Exempel, das sie an jedem statuieren wollten, den sie in die

Finger bekamen. Ich nahm mir vor, die Gruppe zu warnen, noch mehr Vorsicht walten zu lassen.

»Wenn es keine Bande ist und sie nicht gegen uns arbeiten«, brummte Nunzio mißmutig, »warum passiert dann alles nur in *unseren* Abschnitten? Mein Papi hat mich gelehrt, Zufällen zu mißtrauen. Er ist an einem gestorben.«

»Woher willst du wissen, daß es nur in unseren Abschnitten passiert?« konterte Winkel-kat. »Vielleicht haben wir uns einfach nur einen schlechten Teil des Bazars ausgesucht, um anzufangen. Vielleicht ist der ganze Bazar ein mieses Gebiet. Vielleicht hätten wir mißtrauisch werden sollen, als Skeeve hier uns sagte, daß es keine Polizei gibt. Wenn sich soviel Geld ohne Polizeischutz im Umlauf befindet, muß es ja einfach Kriminelle anlocken.«

»Und was sollen wir tun?« knurrte Guido, nahm seine Serviette aus dem Kragen und warf sie auf den Tisch. »Meine Jungs können schließlich nicht an zwei Stellen zugleich sein. Wir können nicht gleichzeitig unsere jetzigen Kunden bewachen *und* auch noch neue Abschlüsse tätigen.«

»Das stimmt«, mußte Winkel-kat zugeben. »Deshalb machen wir auch folgendes. Erstens, teilen wir die Mannschaften auf. Zwei Drittel der Jungs patroullieren durch die Gebiete, die unter unserem Schutz stehen. Die anderen suchen nach neuen Kunden, *aber* – wir nehmen nicht einfach jeden! Wir stellen Nachforschungen an und erkundigen uns. Wir erkundigen uns, wieviel Ärger es in einem neuen Abschnitt oder in einem neuen Laden schon gibt, *bevor* wir jemanden als Kunden akzeptieren. Dann wissen wir, wer ein großes Risiko darstellt, und wenn wir ihn trotzdem annehmen, muß er eben doppelt so hohe Prämien zahlen. *Capito?*«

Beide, Guido und Nunzio, dachten nach, und es war offensichtlich, daß es ihnen schwer fiel.

»Ich weiß nicht«, quiekte Nunzio schließlich. »Irgendwie klingt der Plan ziemlich komisch.«

»Verbrechen rentiert sich nicht – sofern der Staat es in die Hand nimmt«, murmelte ich hilfreich.

»Was war das?« bellte Winkel-kat.

»Och, nur etwas, was mein Lehrer mir mal gesagt hat.« Ich zuckte mit den Schultern.

»He, Skeeve hat recht!« rief Guido.

»Du willst damit sagen, daß wir Polizisten und Versicherungsgutachter werden sollen.«

»Na ja, ich würde es zwar nicht ganz so ausdrücken ...«

»Nix ›na ja.‹ Das läuft nicht!«

»Warum nicht?«

»Komm, Winkel-kat! *Wir* sind doch die Bösen! Verbrecher, weißt du noch? Wie sieht denn das aus, wenn sich das im Syndikat rumspricht, daß wir plötzlich zu Polizisten geworden sind?«

»Die werden meinen, daß wir wertvolle Angestellte sind, die hart arbeiten, um ihre Investitionen zu beschützen.«

»Ach ja?« Guido furchte zweifelnd die Stirn.

»Außerdem ist es ja nur für eine Weile«, beruhigte ihn Winkel-kat. »Und nicht nur das, die ganze Aktion ist sowieso nur eine Tarnung für das, was wir *in Wirklichkeit* tun werden.«

»Was denn?« fragte ich geradeheraus.

Winkel-kat warf einen schnellen Blick durchs Restaurant, dann beugte er sich vor und senkte die Stimme.

»Na ja, eigentlich wollte ich nichts verraten, aber wissen Sie noch, daß ich Ihnen erklärt habe, daß das Syndikat sich immer auf ein Gebiet allein spezialisiert? Ich glaube, wir haben uns hier in Tauf einfach nur das falsche Arbeitsfeld ausgesucht. Vielleicht hätten wir es nicht mit dem Schutzgeldgeschäft versuchen sollen.«

»Sie wollen also die Gebiete wechseln?« fragte ich drängend.

»Genau.« Winkel-kat lächelte. »Wir lassen die Schutzgeldsache eine Weile auf Sparflamme laufen und knöpfen uns in der Zwischenzeit mal die Buchmacher vor.«

»Na, das klingt schon besser!« krähte Guido. »Im Wettgeschäft läßt sich immer Geld scheffeln.«

»Nicht so laut, du Idiot! Das soll ein Geheimnis bleiben!«

»Wer soll uns denn schon hören?« protestierte Guido.

»Wie wär's denn mit denen da?«

Winkel-kat zeigte mit dem Daumen auf einen Tisch, an dem gewaltige Wesen saßen und sich abwechselnd vollstopften und lauthals lachten.

»Die da? Das sind die Hutt Brüder. Die kommen etwa einmal die Woche hierher. Die sind viel zu sehr mit ihren eigenen Spielen beschäftigt, um sich für uns zu interessieren.«

»Mit ihren eigenen Spielen? Sind das etwa Spieler?«

»Nee ... na ja, Darwin vielleicht. Der ist der Anführer der Meute. Aber der setzt nur auf Geschäfte.«

»Welcher ist es?«

»Der dünnste. Ich hab gehört, daß seine Verlobte ihn auf Diät gesetzt hat. Das macht ihn zwar gemein, aber für uns ist er keine Gefahr.«

Winkel-kat wandte sich wieder unserem Tisch zu.

»Na ja, redet trotzdem nicht so laut. Wie ist das, Skeeve? Das Glücksspiel, meine ich. Sie sind doch schon früher mal im Bazar gewesen. Kennen Sie irgendwelche Buchmacher, die wir uns krallen können?«

»Hm, der einzige, den ich kenne, ist der Giek«, sagte ich. »Der ist 'ne ziemlich große Nummer. Aber wenn ihr den ausnehmen wollt, dann sagt ihm bitte nicht, daß ich es war, der ihn euch empfohlen hat.«

Winkel-kat gönnte mir ein Augenzwinkern.

»Das geht schon klar. Aber wenn wir was bei ihm absahnen, kriegen Sie auch einen Anteil. Sie wissen schon, eine Art Finderlohn. Wir vergessen unsere Freunde nicht.«

»Danke schön«, quälte ich mir heraus und fühlte mich dabei ziemlich schuldig. »Na, ich mach mich mal wieder auf den Weg. Komm, Gliep.«

»Gliep!« wiederholte mein Drache und hob beim Klang seines Namens den Kopf aus einer Badewanne voll Spaghetti.

Fats hatte sich auf Anhieb in mein Maskottchen verliebt, was, wie ich argwöhnte, auf Glieps neuentwickeltem Fassungsvermögen für das madenähnliche Zeug beruhte, das nur spärlich von blutroter Sauce verdeckt wurde und mit dem die Pinte ihren Hauptumsatz machte.

Ich hatte mich nie zu dem Wagnis durchringen können, Spaghetti zu probieren, aber mein Drache liebte sie. Da ich von einigen sehr zweifelhaften kulinarischen Leckerbissen (lebenden wie toten) wußte, welche zu Glieps Vorlieben zählten, war sein Appetit kein sonderlich großer Anreiz, meinen Nahrungshorizont um dieses Gericht zu erweitern. Aber wenn ich Gliep mitbrachte, war ich bei Fats immer willkommen, auch wenn mein Drache langsam ein Watscheln an den Tag legte, das an den Besitzer des Etablissements erinnerte.

»Sagen Sie mal, Skeeve, wo lassen Sie Ihren Drachen eigentlich tagsüber?«

Ich warf einen Blick über die Schulter und entdeckte

Winkel-kat, der mein Haustier mit zusammengekniffenen, nachdenklichen Augen studierte.

»Meistens nehme ich ihn mit, aber manchmal lasse ich ihn auch bei einem Drachensitter. Warum?«

»Mir fällt gerade so eine ›Schadensmeldung‹ ein, die wir neulich bezahlen mußten ... bezahlen mußten? Verdammt, wir löhnen immer noch dafür! Na ja, jedenfalls ist da so ein Bursche, der Drachen verkauft, nur daß er nun schon seit über einer Woche keinen mehr losgeworden ist. Meistens verkauft er um die drei Stück am Tag. Jetzt sagt er, daß er uns schließlich dafür bezahlt hätte, damit seinem Geschäft nichts zustößt, und meint, daß wir für seine Umsatzeinbußen aufkommen müßten ... und weißt du, die Dinger sind wirklich fürchterlich *teuer!*«

»Ich weiß«, stimmte ich ihm zu. »Aber was hat das mit Gliep zu tun?«

»Wahrscheinlich gar nichts. Es ist nur, daß dieser Typ Stein und Bein schwört, daß kurz bevor alles schieflief, irgend so ein kleiner Drache bei ihm vorbeikam und mit seinen Drachen gesprochen hat. Und jetzt weigern sie sich, zu brüllen oder Feuer zu speien oder sonstwas. Das einzige, was sie noch tun, ist schlafen und rumbalgen ... und wer will schon einen Drachen kaufen, der bloß rumbalgt, frage ich dich?«

»Mit seinen Drachen gesprochen?« fragte ich beunruhigt.

Aus irgendeinem Grund hatte ich plötzlich das Bild vor Augen, wie Gliep sich mit Big Julies Drachen angelegt hatte, einem Tier, das ihn wie einen Winzling erscheinen ließ – und wie er gewonnen hatte.

»Na ja ... die haben nicht so richtig miteinander gesprochen, sie haben sich mehr zusammengedrängt und einander murmelnde, schwatzende Geräusche zugeworfen. Der

Drache hat den Kerl nicht rangelassen, bis alles vorüber war. Das einzige, worin er sich ganz sicher war, das war, daß dieser kleine Drache, der ihm, wie er meint, das Geschäft versaut hat, irgendwas wie ›Piep‹ oder so gesagt hat, und zwar mehrmals.«

»Piep?« fragte ich.

»Gliep!« antwortete mein Drache.

Winkel-kat starrte ihn erneut an.

»Ach, komm, Winkel-kat!« sagte Guido und verpaßte seinem Vorgesetzten einen herzhaften Schlag. »Sprechende Drachen? Da hat dir wohl jemand einen Bären aufgebunden. Klingt mir eher danach, als hätte er sich eine Lieferung schlechter Drachenware andrehen lassen und wollte sich jetzt an uns schadlos halten. Sag ihm, er soll die Fliege machen.«

»So einfach ist das nicht«, grollte Winkel-kat, »aber du hast wahrscheinlich recht. Ich meine, Drachen sehen alle ziemlich gleich aus.«

»Das stimmt allerdings«, rief ich und hastete dem nächstgelegenen Ausgang entgegen. »Komm schon, Piep … ich meine, Gliep!«

Vielleicht hatte ich Winkel-kats Argwohn ja eingelullt, aber ich selbst hatte noch einen eigenen Vorrat davon, als wir zum Gelben Halbmond zurückkehrten.

»Pack aus, Gliep! Hast du irgendwas getan, um jemandem das Drachengeschäft zu vermiesen?«

»Gliep?« wiederholte mein Maskottchen in genau dem gleichen Ton, den ich auch drauf habe, wenn ich versuche, unschuldig zu klingen.

»Aha! Na schön, halt dich von jetzt an da raus. Ich

glaube, wir haben die Sache auch so im Griff, ohne daß du uns noch in die Schußlinie gerätst.«

»Gliep.«

Diesmal klang die Antwort schon wesentlich kleinlauter, und ich erkannte, daß er sichtlich zuzammensackte.

»Nun schmoll nicht. Ich will nur nicht, daß dir etwas zustößt.«

Plötzlich bemerkte ich, daß die Passanten uns anstarrten. So seltsam der Bazar auch sein mochte, nehme ich doch an, daß sie es nicht gewohnt waren, jemanden die Straße entlanggehen zu sehen, der sich mit einem Drachen zankte.

»Beeilen wir uns«, drängte ich und verfiel in Trab. »Ich weiß zwar nicht, was wir dagegen unternehmen können, daß sich das Syndikat jetzt auf die Buchmacher stürzt, aber ich bin sicher, daß Aahz sich schon was ausdenken wird.«

XVIII

»Das Leben kann profitabel sein, sofern man die Gewinnchancen kennt.«

Dr. J. Holliday

Das Sportstadion, in dem wir uns befanden, war deutlich kleiner als jenes in Jahk, wo wir am Großen Spiel teilgenommen hatten, aber nicht minder laut.

Mag sein, daß die Akustik auch dadurch beeinflußt wurde, daß es sich um ein Hallen- und kein Freistadion handelte, doch selbst in den nur halbgefüllten Rängen herrschte ein derartiges Getöse, daß ich kaum meine eigenen Gedanken hören konnte.

Und dann war da noch der Geruch. Dieselben Wände, die die Akustik verstärkten, taten ihrerseits nicht das geringste zur Verbesserung der Belüftung. Selbst die wenigen tausend Wesen aus allen möglichen Dimensionen, die hier auf engstem Raum zusammengepfercht waren, gaben derartige Körperausdünstungen von sich, daß sich mir der Magen umzudrehen drohte ... vielleicht lag es aber auch nur an meinen Nerven.

»Kannst du mir die Quoten noch mal erklären?«

»Nicht jetzt«, fauchte der Giek, der nervös an seinem Programm herumzupfte.

»Ich bin zu sehr damit beschäftigt, mir Sorgen zu machen.«

»Ich werd's mal versuchen, heißer Knabe«, erbot sich Massha an meiner anderen Seite. »Vielleicht kann ich es mit weniger Fachvokabular ausdrücken als unser Freund hier.«

»Das wäre mir sehr lieb«, gab ich zu.

Diese Äußerung trug mir einen finsteren Blick des Gieks ein, doch Massha war bereits in Schwung.

»Zunächst mal mußt du dir darüber im klaren sein, daß Buchmacher meistens nicht mit ihrem eigenen Geld wetten. Sie fungieren als Agenten oder Zwischenhändler für Leute, die bei derselben Veranstaltung auf verschiedene Seiten setzen. Im Idealfall gleichen sich die Einsätze der beiden Seiten aus, so daß der Buchmacher kein eigenes Geld im Spiel zu haben braucht.«

»Woran verdient er denn dann?«

»Manchmal verlangt er einen Anteil, manchmal ... aber das ist ein anderes Thema. Wir wollten ja über Quoten sprechen, nicht wahr?«

»Schätze, schon«, erwiderte ich achselzuckend.

»Nun habe ich gerade den Idealfall geschildert. Dabei geht man davon aus, daß beide Mannschaften oder Kämpfer, oder wer auch immer, gleich stark sind. Dann setzen manche Leute auf die eine Seite und manche auf die andere, im Endeffekt gleicht sich aber alles wieder aus. Das ist ein Gleichstand oder ein 1:1.«

Sie verlagerte ihr Körpergewicht ein wenig und ignorierte die zornigen Blicke der übrigen Zuschauer, als die gesamte Sitzreihe dadurch ins Wanken geriet.

»Aber angenommen, es wäre anders. Was, wenn wir es nicht mit einem ausgeglichenen Kampf zu tun haben, wenn eine Seite einen Vorteil hat ... sagen wir, wenn Badaxe gegen König Rodrick kämpfen würde?«

»Das ist doch einfach«, lächelte ich. »Dann würde niemand auf den König setzen.«

»Genau«, nickte Massha.

»Dann würde alles nur auf eine Seite setzen, und die Buchmacher müßten alle Wetten mit ihrem eigenen Geld ausgleichen ... Wetten, bei denen sie sehr wahrscheinlich verlieren würden.«

»Dann nehmen sie eben keine Wetten an.«

»Falsch. Sie manipulieren die Sache so, daß doch noch Leute auf den König setzen.«

Ich sah sie mit hochgezogener Augenbraue an.

»Das könnten sie ja gern versuchen, aber ich würde mein Geld bestimmt nicht so leicht wegwerfen. Ich würde trotzdem auf Badaxe setzen.«

»So?« Massha lächelte. »Was wäre denn, wenn du, um auf Badaxe ein Goldstück zu gewinnen, nicht nur eins, sondern zehn setzen müßtest?«

»Hm ...«

»Ich will's ein wenig komplizierter machen. Was wäre denn, wenn du für ein Goldstück, das du auf den König setzt, im Falle seines Sieges nicht nur ein Goldstück zurückgewinnen würdest, sondern hundert?«

»Ich ... hm ... dann würde ich es vielleicht doch mit dem König riskieren«, entgegnete ich zögernd. »Es gibt ja immerhin die Möglichkeit, daß er doch noch Glück hat. Und wenn ich dann verliere, bin ich bloß um ein Goldstück ärmer.«

»... und auf *diese* Weise benutzen die Buchmacher die Quoten, um sich selbst abzusichern. Wie sie allerdings ausrechnen, wieviele Einsätze sie auf den König zur Quote X benötigen, um die Wetten, die sie auf Badaxe zur Quote Y anbieten, abzudecken, das ist mir auch schleierhaft.«

Ich musterte den Täufler neben mir mit neuerwachten Respekt.

»He, Giek! Ich wußte gar nicht, wie kompliziert dein Beruf ist!«

Der Täufler taute ein wenig auf. Im Grunde sind sie genauso anfällig für Schmeichelei wie alle anderen auch.

»Genau genommen ist es sogar noch viel komplizierter«, gestand er voller Bescheidenheit. »Man muß nämlich immer mehrere Wettkämpfe auf einmal im Auge behalten und die langfristigen Einsätze einer Veranstaltung dazu verwenden, um die kurzfristigen einer anderen auszubezahlen. Und dann sind da noch die Nebenwetten, zum Beispiel, wer in welchem Spielabschnitt beim Großen Spiel wieviele Punkte machen wird. Es ist nicht einfach, aber wenn man auf Zack ist, kann man davon leben.«

»Und wie stehen die Chancen heute abend?«

Der Täufler schnitt eine Grimasse.

»Lausig. Das ist so einer von diesen Badaxe-gegen-den-König-Kämpfe, wenn ich euer Beispiel richtig mitbekommen habe. In diesem Fall entspricht die Mannschaft mit den roten Hosen Badaxe. Die sind noch ein paar Nummern heißer als ein Zehndollar-Laser und haben die letzten fünfzehn Spiele gewonnen. Die schwachen Schwestern ... in eurem Beispiel der König ... tragen weiße Hosen und haben schon seit zwei Jahren kein einziges Spiel mehr gewonnen. Als das Syndikat seine Einsätze gemacht hat, standen die Chancen ungefähr zweihundert zu eins gegen die Weißen.«

Ich stieß einen leisen Pfiff aus.

»Oho! Zweihundert Goldstücke für den Einsatz von einem! Hast du auch daran gedacht, Überraschung zu heucheln, als sie ihr Geld bei dir eingezahlt haben?«

»Die brauchte ich gar nicht erst zu heucheln«, meinte der Giek mit zusammengepreßten Lippen. »Nicht bei der Summe, mit der sie aufgekreuzt sind. Da ich ja vorgewarnt war, habe ich zwar damit gerechnet, daß sie sich nicht mit Kleckerkram abgeben würden, aber trotzdem ...«

Er schüttelte den Kopf und verfiel in Schweigen.

Eigentlich hatte ich nicht besonders gründlich über die Bedeutung der Quoten nachgedacht, doch das holte ich jetzt nach. Wenn man für den Einsatz eines Goldstücks zweihundert zurückbekam, dann würde eine Wette von tausend zweihunderttausend einbringen! Und zehntausend würden ...

»Wie hoch war denn ihr Einsatz?« fragte ich besorgt.

»So groß, daß ich, wenn ich verlieren sollte, den Rest meines Lebens für das Syndikat werde arbeiten müssen, um es abzubezahlen ... und Täuflerleben sind nicht gerade kurz ...«

»Einen Augenblick mal! Hat Aahz dir denn nicht gesagt, daß wir dich für einen eventuellen Verlust aus unserer Spesenkasse entschädigen werden?«

»Doch, das hat er«, sagte der Täufler. »Und er hat mich auch darauf hingewiesen, daß ihr, wenn ihr schon meine Verluste deckt, dafür auch sämtliche Gewinne einstreicht, wenn alles laufen sollte, wie geplant. Da habe ich mich lieber dazu entschlossen, das Risiko allein zu tragen und auch die Gewinne selbst einzusacken.«

Massha beugte sich vor und starrte ihn erstaunt an.

»Bist du so zuversichtlich oder nur so habgierig?«

»Eher letzteres«, gestand der Giek.

»Und außerdem habe ich mir ziemlich die Finger verbrannt, als ich beim Großen Spiel gegen Skeeve gesetzt habe. Ich schätze, es ist nur vernünftig, wenn man wenigstens einmal auf den Spieler setzt, der gerade eine Glückssträhne zu haben scheint.«

Ich schüttelte verwundert den Kopf.

»Hast du denn keine Angst, zu verlieren?«

»Na ja, ich habe mir durchaus überlegt, daß möglicherweise ich es bin und nicht das Syndikat, der hier reingelegt werden soll. Deswegen sitze ich auch neben dir. Wenn sich die Sache als faul herausstellen sollte ...«

»Du bist ein bißchen arg klein, um hier wüste Drohungen auszustoßen, Giek«, warnte ihn Massha.

»... und du bist ein bißchen arg groß, um schnell abzuhauen, falls ich zu dem Schluß gelangen sollte, daß man mich reingelegt hat«, schoß der Täufler zurück.

»Hört auf, ihr beiden!« befahl ich. »Das ist sowieso eine rein theoretische Debatte. Es wird keine Probleme geben ... und wenn doch, dann werde ich darüber genauso überrascht sein wie du, Giek.«

»Noch überraschter, will ich hoffen«, warf der Täufler abfällig ein. »Schließlich rechne ich sowieso damit, daß die ganze Sache nach hinten los geht, weißt du das nicht mehr?«

»Aber Aahz hat mir glaubhaft versichert, daß an der Sache gedreht wurde.«

»Offensichtlich. Sonst würde das Syndikat nicht so hohe Einsätze wagen. Die Frage ist nur, welcher Dreh klappt – ihrer oder eurer?«

In diesem Augenblick geriet die gegenüberliegende Seite der Arena in Bewegung: Das Syndikat war eingetroffen, und zwar mit voller Mannschaft. Winkel-kat war da, von Guido und Nunzio eingerahmt, begleitet von den restlichen Mitgliedern der beiden Trupps, die man zur Zeit für den Bazar abgestellt hatte. Wenn man sie so zusammen sah, wie sie sich als Gruppe bewegten, dann gaben sie, im Gegensatz dazu, wenn sie sich allein bei Fats vollstopften, durchaus ein beeindruckendes Bild ab. Offensichtlich teilten auch andere meine Ansicht. Obwohl sie zu spät gekommen waren, machte ihnen niemand die besten Sitzplätze streitig, als sie sich in die erste Reihe drängten. Tatsächlich gab es einen erheblichen Auflauf, als sich zahlreiche Zuschauer von den begehrten Plätzen erhoben und davonstürzten.

Für mich war es immer noch eine derart neue Erfahrung, im Bazar auf Wesen zu treffen, die ich kannte, daß ich aufsprang und ihnen zuwinkte, bevor ich plötzlich begriff, was ich da eigentlich tat.

Dann fiel es mir ein! Wenn sie mich neben dem Giek sitzen sahen und eine große Wette verlieren sollten, dann würden sie möglicherweise zwei und zwei zusammenzählen und fünf erhalten!

Ich hörte auf zu winken und sank wieder auf meinen Platz, doch es war bereits zu spät. Guido hatte meine Aktion bemerkt und stieß Winkel-kat den Ellenbogen in die Rippen, um ihn auf mich aufmerksam zu machen. Unsere Blicke trafen sich, und er nickte zum Gruß, bevor er sich wieder daran machte, die Menge zu mustern.

Verlegen und kleinlaut wandte ich mich dem Giek zu, um mich bei ihm zu entschuldigen – doch der hatte sich in ein Wesen mit bleicher Hautfarbe und haarigen Ohren verwandelt, das nicht die leiseste Ähnlichkeit mehr mit dem Täufler hatte, der vorhin noch neben mir saß!

Beinahe ... *beinahe!* ... hätte ich mich umgesehen, um den Giek zu suchen. Doch dann betrieb ich ein bißchen Kopfrechnung und begriff was los war.

Ein Tarnzauber!

Ich hatte mich schon so sehr daran gewöhnt, die Leute mit meinem eigenen Zauber hinters Licht zu führen, daß ich sofort darauf hereinfiel, sobald ein anderer den gleichen Zauber bei sich anwandte.

»Bist noch ziemlich neu in der Intrigenbranche, wie?« bemerkte er trocken.

Zum Glück blieb es mir erspart, mir darauf eine passende Antwort einfallen zu lassen, denn nun kamen die beiden Mannschaften ins Stadion. In der ganzen Hektik unserer Vorbereitung des Gegenangriffes hatte man mich nicht so recht informiert, worauf das Syndikat eigentlich gesetzt hatte. Ich wußte nur, daß hier zwei Ringermannschaften gegeneinander antraten. Niemand hatte mir verraten, wie die Kämpfer aussehen würden, und so war ich davon ausgegangen, daß das ganze Spektakel in etwa so ablaufen würde, wie ich es von den Veranstaltungen in Klah gewohnt war. Ich hätte es besser wissen müssen.

Die beiden Mannschaften bestanden aus Wesen, die mir kaum bis zur Hüfte reichten. Ich meine, sie waren wirklich *winzig!* Sie sahen aus wie Kinder ... sofern man daran gewöhnt ist, vierarmige Kinder um sich zu haben.

»Was sind das denn für welche?« fragte ich.

»Das sind die beiden Mannschaften«, erklärte der Giek hilfreich.

»Ich meine, *was* sind das für welche? Wo kommen die her?«

»Ach so. Das sind Tus.«

»Und auf die setzt man? Ich meine, ich hab ja schon von Zwergenringkämpfen gehört, aber das hier ist doch lächerlich!«

»Nun mach's nicht gleich nieder«, beschwichtigte mich der Täufler achselzuckend. »In der Ringerszene sind die ziemlich weit oben. Solche Mannschaften sind übrigens der beliebteste Exportartikel ihrer Dimension. Überall nennt man sie die Schrecklichen Tus. Sie sind wesentlich gefährlicher, als man aufgrund ihrer Größe annehmen sollte.«

»Das ist doch wohl ein Witz, oder?«

»Wenn du wirklich mal eine Schau sehen willst, dann solltest du dir ihren anderen Exportschlager ansehen. Das ist eine Tanztruppe, die immer auf Tournee geht. Sie heißt die Tu Tours.«

Massha legte mir eine schwere Hand auf die Schulter.

»Heißer Fratz, erinnerst du dich noch an unsere Abmachung über meinen Unterricht?«

»Später, Massha. Der Wettkampf fängt gerade an.«

Genaugenommen war er schon fast zu Ende. Er war verdammt kurz, wenn Sie diesen Ausdruck entschuldigen möchten.

Der Kämpfer der favorisierten Rothosentruppe schlenderte einfach nach vorne und nahm seinen weißhosigen Rivalen in die Zange. Obwohl die Zange ein bißchen so aussah, als wollte jemand mit einem völlig verhedderten Bindfaden ein Paket zusammenschnüren, machte es bei der Rothose den Eindruck, als sei es schrecklich einfach. Alle Versuche seines Gegners, sich zu befreien, waren vergebens, und so war der Kampf schnell beendet.

»Na, das wär's«, sagte der Giek. »War mir eine Freude, mit dir Geschäfte zu machen, Skeeve. Schau ruhig mal wieder bei mir rein, wenn du was Gutes weißt.«

»Willst du denn gar nicht die Wetteinsätze kassieren gehen?«

Der Täufler zuckte die Achseln.

»Das hat keine Eile. Außerdem scheinen deine Spielkameraden gerade beschäftigt zu sein.«

Ich folgte seinem Finger mit den Augen und sah, wie Winkel-kat gerade in die Mannschaftskabinen stürmte, dicht gefolgt von Guido und Nunzio. Keiner von ihnen wirkte besonders glücklich, was unter den gegebenen Umständen durchaus verständlich war.

»Hoppla, das ist ja mein Stichwort. Wir treffen uns im Gelben Halbmond wieder, Massha.«

Mit diesen Worten schoß ich davon, um die zornigen Syndikatsleute abzufangen.

XIX

»Es wird Zeit, daß man diesen Burschen mal beibringt, ihre Vorgesetzten zu respektieren.«

Capt. Queeg,
U. S. S. Caine

Beinahe hätte ich sie verfehlt. Nicht etwa, weil ich so langsam gewesen wäre, oh nein, Es ist nur, daß sie wirklich ziemlich viel Dampf drauf hatten.

»Hallo, Jungs!« rief ich, als Winkel-kat gerade die Faust hob, um gegen die Kabinentür zu hämmern. »Wollt ihr auch den Siegern gratulieren?«

Drei Augenpaare richteten ihre stechenden Blicke auf mich, als meine »Freunde« sich zu mir umdrehten.

»Gratulieren!« schnaubte Guido. »Denen werd ich zeigen, was gratulieren heißt!«

»Einen Moment mal«, unterbrach uns Winkel-kat. »Was meinen Sie mit ›auch‹?«

»Na ja, *ich* bin jedenfalls deshalb hier. Ich habe gerade beim Spiel eine hübsch fette Wette gewonnen.«

»Wie fett?«

»Na ja, fett für meine Verhältnisse«, erläuterte ich. »Ich bekomme fünfzig Goldstücke ausgezahlt.«

»Fünfzig«, schnaubte Guido. »Weißt du, wieviel *wir* bei diesem Fiasko verloren haben?«

»Verloren?« Ich legte die Stirn in Falten. »Wußtet ihr denn nicht, daß die Roten die Favoriten waren?«

»Natürlich wußten wir das«, bellte Winkel-kat. »Deshalb wollten wir auch ordentlich absahnen, wenn sie verlieren.«

»Aber wieso haben Sie denn gedacht, daß sie … Ach so! War es das, was Sie meinten, als Sie sagten, Sie würden ins Wettgeschäft einsteigen?«

»Genau. Das rote Team sollte eigentlich in der dritten Runde stilvoll abschmieren. Wir haben ihnen genug dafür gezahlt … mehr als genug sogar!«

Er klang so sehr nach Grimble, daß ich mir eine Spur billigen Hohn nicht verkneifen konnte.

»Dem Ergebnis nach zu urteilen scheint es mir eher, als hätten Sie ihnen doch ein *bißchen* weniger als genug gezahlt.«

»Das ist gar nicht komisch! Anstatt unsere Verluste wieder wettzumachen, müssen wir den Großen Bossen jetzt noch weitere, neue melden.«

»Ach, kommen Sie, Winkel-kat«, lächelte ich. »Was wird das schon kosten, einen Schaukampf zu deichseln?«

»Nicht viel«, gab er zu. »Aber wenn man die Investitionsgelder mitrechnet, die wir gerade verloren haben, dann sumiert sich das immerhin auf …«

»Investitionsgelder?«

»Er meint die Wette«, erklärte Guido.

»Ach so. Na ja, das ist wohl das Risiko, wenn man den Rahm abschöpfen will.«

Ein böses Lächeln huschte über Winkel-kats Gesicht.

»Oh, wir werden schon noch Rahm abschöpfen, keine Bange«, sagte er. »Es wird langsam Zeit, daß die Einheimischen in diesem Bazar begreifen, was es heißt, sich mit dem Syndikat anzulegen.«

Damit nickte er Guido zu, der daraufhin die Kabinentür öffnete.

Alle acht Ringer teilten sich den gleichen Raum, und als wir eintraten, hoben sie erwartungsvoll die Köpfe. Das ist richtig: ich habe »wir« gesagt. Ich schloß mich der Prozession an, und niemand wandte etwas dagegen ein.

»Habt ihr Komiker da draußen nicht etwas vergessen?« fragte Winkel-kat zur Begrüßung. »Zum Beispiel, wer eigentlich gewinnen sollte?«

Die verschiedenen Mannschaftsmitglieder sahen sich an. Dann meinte der kleinste des roten Teams achselzuckend:

»Na und? Wir haben es uns eben anders überlegt.«

»Ja«, pflichtete sein Mannschaftskamerad ihm bei. »Wir haben entschieden, daß es schlecht für unser Image wäre, zu verlieren ... vor allem gegen diese Stoppelhopser da.«

Das ließ die weiße Mannschaft aufspringen.

»Stoppelhopser?« brüllten sie im Chor. »Ihr habt uns doch bloß überrumpelt. Uns hat man gesagt, wir sollten es bis zur dritten Runde gemütlich angehen lassen.«

»Noch ein bißchen gemütlicher, und ihr wart wahrscheinlich eingeschlafen. Das sollte eigentlich ein Ringkampf werden und kein Tanzturnier.«

Winkel-kat schritt zwischen die beiden Parteien.

»Ihr gebt also alle zu, daß ihr unsere ursprünglichen Anweisungen richtig verstanden habt?«

»He, laß uns in Ruhe, ja? Ihr kriegt euer stinkendes Geld schon zurück, also wozu der ganze Aufruhr?«

»Selbst wenn ihr uns das ganze Geld zurückzahlen würdet«, sagte Winkel-kat sanft, »wäre da immer noch die Sache mit dem Geld, das wir beim Wetten verloren haben. Ich nehme nicht an, daß einer von euch über große Eigenmittel verfügt?«

»Na klar«, lachte einer der Roten. »Wir machen das hier ja auch nur zum Spaß.«

»Dacht ich's mir doch. Guido, Nunzio. Stellt mal fest, wie ihr mit diesen Herren abrechnen könnt. Und laßt euch Zeit dabei. Ich möchte, daß sie es richtig *spüren*, verstanden?«

»Ich weiß ja nicht, Winkel-kat«, maulte Guido. »Die sind so schrecklich klein. Ich glaube nicht, daß wir das allzusehr in die Länge ziehen können.«

»Na, versucht es eben, so gut ihr könnt. Skeeve? Würden Sie mit mir hinausgehen? Ich glaube nicht, daß Sie das mitansehen möchten.«

Da hatte er allerdings recht. Obwohl ich in den letzten Jahren manche Keilerei mitgemacht hatte, hieß das noch lange nicht, daß ich sie auch genossen hatte ... oder daß ich gerne dabei zusah.

Die Tür hatte sich kaum hinter uns geschlossen, als im Innern der Kabine schon dumpfe Aufprall- und Berstgeräusche ertönten. Es tat schon bei bloßem Zuhören weh, aber wenigstens dauerte es nicht lang.

»Ich hatte ihnen doch gesagt, sie sollten sich Zeit lassen«, stutzte Winkel-kat und lauschte stirnrunzelnd in die Stille. »Na ja, wird wohl gut sein ...«

Die Tür ging auf und einer der Ringer der roten Mannschaft erschien.

»Wenn du hier draußen noch irgendwelche weiteren Lektionen herumstehen hast, dann schick sie ruhig rein. Die beiden hier haben uns leider gar nicht viel beigebracht.«

Er schloß die Tür wieder, doch nicht bevor wir einen kurzen Blick auf die beiden bewußtlos am Boden liegenden Leibwächter geworfen hatten. Na ja, Guido zumindest lag am Boden. Nunzio stand irgendwie in der Ecke auf dem Kopf.

»Zähe kleine Burschen«, bemerkte ich gelassen. »Das

müssen die vier Arme sein. Meinen Sie, Sie könnten sie irgendwie für das Syndikat einstellen?«

Winkel-kat war sichtlich erschüttert, erholte sich aber rasch.

»Sie wollen also die harte Tour kennenlernen. Schön, das können sie haben von mir aus.«

»Sie wollen doch wohl nicht etwa alleine dort hineingehen, oder?« fragte ich, ernsthaft besorgt.

Er ließ mir einen vernichtenden Blick zukommen.

»Wohl kaum.«

Dann steckte er die Finger in den Mund und stieß einen lauten Pfiff aus. Zumindest sah es so aus, denn *hören* konnte ich davon kein bißchen.

Bevor ich ihn fragen konnte, was er da tat, kamen mit donnerndem Fußgetrappel zwei Dutzend Syndikatsleute zur Verstärkung herbeigeeilt.

Ein hübscher Trick. Ich schätze, der Pfiff war zu hoch für meine Ohren gewesen, als daß ich ihn hören konnte ... oder zu tief.

»Sie haben sich Guido und Nunzio gekauft«, schrie Winkel-kat, bevor die schweren Jungs völlig zum Stillstand gekommen waren. »Zeigt ihnen mal, wer hier das Sagen hat. Mir nach!«

Er riß die Tür auf und stürzte in die Umkleidekabine, die Meute dicht auf den Fersen.

Ich bin mir nicht sicher, ob Winkel-kat jemals selbst an einem Kampf teilgenommen hatte, und schon gar nicht, ob er je eine Gruppe im Kampf geführt hatte. Ganz sicher bin ich mir allerdings, daß er es nie wieder versucht hat.

Die Schmerzensschreie, die aus dem Raum hervordrangen, ließen mich zur Tat schreiten: Ich ging ein Stück den Gang entlang, um etwas abseits vom Getümmel zu warten.

Es stellte sich jedoch heraus, daß meine Vorsicht unbegründet war. Die Wand brach nicht auseinander, und weder die Decke noch das Gebäude stürzten ein. Allerdings platzte an einigen Stellen der Putz ab, und einmal rammte jemand ein Loch in die Wand – und zwar mit dem Kopf.

Mir fiel ein, daß die Kampfsportfans draußen in der Arena eigentlich hierher nach unten kommen müßten, wenn sie etwas für ihr Geld sehen wollten. Doch dann kam ich zu dem Schluß, daß es wohl besser sei, wenn dies nicht geschähe. Die Umkleidekabine war so schon vollgepackt genug ... was übrigens auch nicht der schlechteste Grund war, lieber im Gang zu warten.

Schließlich verstummte das Schlachtgetöse, und zurück blieb eine unheilvolle Stille. Ich erinnerte mich daran, daß ich volles Vertrauen in den Ausgang des Handgemenges hatte. Als das Schweigen immer länger dauerte, mußte ich mich immer öfter daran erinnern.

Endlich ging die Tür auf, und vier Tus kamen lachend und plaudernd heraus.

»Wirklich lieblich!« rief ich. »Ihr braucht euch nicht zu beeilen, nein, nein. Ich kann ja auch den ganzen Tag hier draußen um euch zittern.«

Einer der Roten kam auf mich zugerannt, umarmte mich und gab mir einen Kuß.

»Tut mir leid, Süßer. Wir hatten soviel Spaß, daß wir dich ganz vergessen haben.«

»Äh ... könntet ihr nicht erst mal etwas wegen dieser Tarnung unternehmen, bevor du mich noch mal küßt?«

»Hoppla. Tut mir leid!«

Der größere Kämpfer der Roten schloß die Augen, und schon waren die Tus verschwunden. An ihrer Stelle standen nun Aahz, Gus, Tanda und Chumly. Aus diesem

Grund hatte ich mir auch keine Sorgen gemacht ... jedenfalls nicht sehr.

»Saubere Arbeit, Gus«, sagte ich anerkennend. »Aber ich meine immer noch, daß ich die Tarnung getrost selbst hätte übernehmen können.«

»Hast du schon mal einen Tu gesehen?« fragte Aahz mich herausfordernd.

»Hm ... nein.«

»Gus aber. Und deshalb hat er auch die Tarnung übernommen. Ende der Diskussion.«

»Ich hatte mal eine Sekretärin namens Äthylia«, erklärte der Wasserspeier und ignorierte Aahz' Befehl. »Sie war ein großer Fan von Ringkämpfen.«

»Genug!« beharrte Aahz und hob die Hand. »Ich bin dafür, daß wir jetzt in den Gelben Halbmond gehen, um ein bißchen zu feiern. Ich glaube, für eine Nacht haben wir das Syndikat erst mal ausgeschaltet.

»Oh ja«, grinste Tanda. »Das wird sie lehren, sich nicht mit jemandem anzulegen, der doppelt so groß ist wie sie.«

»Aber du bist doch genauso groß wie sie«, wandte ich stirnrunzelnd ein.

»Ich weiß«, meinte sie augenzwinkernd. »Darum geht es ja gerade.«

»Sag mal, Aahz, bist du dir da ganz sicher?« unterbrach Chumly. »Ich meine, wir haben sie zwar ordentlich vermöbelt, aber ob sie das bis zum Morgen außer Gefecht setzt?«

»Nur, wenn sie Glück haben«, erwiderte mein Ausbilder grinsend. »Vergiß nicht: Wenn sie erst einmal aufgewacht sind, müssen sie ihren Vorgesetzten Meldung machen.«

»Meinst du, die werden versuchen, ihre Verluste durch eine neue Wette auszugleichen?« fragte ich.

»Das will ich stark hoffen«, sagte Aahz, und sein Grinsen

wurde immer breiter. »Das nächste große Wettereignis ist das Einhornrennen, und das schaffen wir mit links.«

»Meinst du etwa Butterblume? Den kannst du nicht ins Rennen schicken. Er ist doch ein Kriegseinhorn.«

»Ich weiß. Denk mal drüber nach.«

XX

»Rechne dir aus, was der Feind wohl als allerletztes tun würde – und dann rechne damit, daß er genau das tun wird!«
Richelieu

Nach dem letzten mißglückten Versuch, die Buchmacher von Tauf in den Schwitzkasten zu nehmen, unternahm das Syndikat erst einmal nichts mehr. Tatsächlich blieb es eine ganze Weile völlig ruhig ... zu ruhig, wie Aahz meinte.

»Das gefällt mir nicht«, erklärte er und starrte aus dem Vorderfenster des Gelben Halbmonds. »Die führen irgendwas im Schilde. Das hab ich in den Knochen.«

»Fats meint, daß sie sich schon fast eine Woche nicht mehr haben blicken lassen«, warf ich ein. »Vielleicht haben sie ja aufgegeben.«

»Ganz bestimmt nicht. Sie müssen es wenigstens noch einmal versuchen, und sei es nur, um ihr Gesicht zu wahren. Und anstatt uns darauf vorzubereiten, sitzen wir hier auf unseren Hintern rum.«

Er hatte recht: Seit Tagen hatte unsere Truppe fast nichts anderes mehr getan als bei Gus herumgehangen und darauf gewartet, daß irgendeine Information eintraf. Unsere Kundschaftermissionen hatten nichts ergeben, so daß uns kaum etwas anderes übrig blieb, als uns auf das übliche Klatsch- und Tratschsystem des Bazars zu verlassen, das uns vor irgendwelchen Aktivitäten des Syndikats hoffentlich warnen würde.

»Nun sei doch vernünftig, Aahz«, protestierte Chumly. »Ohne Informationen können wir weder Pläne schmieden noch uns irgendwie anders vorbereiten. Du hast selbst gesagt, daß Handeln ohne Information vergebliche Liebesmüh ist, nicht wahr? Weil es die Truppe nervös macht.«

Aahz schritt zu dem hingeflezten Troll hinüber.

»Nun fang bloß nicht an, mir meine eigenen Zitate um die Ohren zu hauen! Du bist doch derjenige, der ständig alles in Frage stellt, was ich sage. Wenn alle mit mir übereinstimmen, nutzen wir unsere gesamten geistigen Fähigkeiten gar nicht voll aus!«

Du meinst also, wir sollten Pläne schmieden«, warf ich ein.

»Richtig«, lächelte mein Ausbilder. »Wir können genausogut jetzt damit anfangen. Wenn wir keine harten Tatsachen zur Verfügung haben, müssen wir uns eben mit Mutmaßungen begnügen. Also, an welchen Punkten ist der Bazar am geeignetsten für ein Eingreifen des Syndikats? Tanda, hast du gesehen, wie ... Tanda?«

Sie riß ihren Blick vom Fenster los und widmete sich dem Gespräch.

»Wie bitte, Aahz? Entschuldige. Ich habe gerade diesen Klahd beobachtet, der ganz in helles Purpur gekleidet die Straße entlang kommt.«

»Purpur?!«

Massha und ich riefen es wie aus einem Munde.

Ich wollte gerade mit ihr um die Wette ans Fenster stürzen, als ich es mir doch noch anders überlegte. Was, wenn ich gewonnen hätte? Ich hatte keine Lust zwischen dem Fenster und ihren Fleischmassen zerquetscht zu werden, wenn sie später eintraf. So ließ ich ihr Zeit, sich ans Fenster zu stellen, um dann hinter ihr herzuschleichen.

»Das ist er tatsächlich«, erklärte ich laut und bestätigte damit meine unausgesprochenen Vermutungen. »Das ist Don Bruce. Nun, jetzt wissen wir, was das Syndikat die ganze Zeit getan hat. Sie haben die schweren Geschütze aufgefahren. Die Frage lautet: Was tut er hier im Bazar? Wenn wir das wissen, können wir auch unseren nächsten Schachzug planen.«

»Die Frage sollte eigentlich lauten, was er hier vorm Gelben Halbmond zu suchen hat«, bemerkte Gus, der neben meinem Ellenbogen stand, trocken. »Und ich glaube auch, daß wir das gleich erfahren werden.«

Tatsächlich kam Don Bruce geradewegs auf das Gebäude zu, von dem aus wir ihn beobachteten. Bei seinem Gang hatte ich etwa eine Minute gebraucht, um sein Ziel auszumachen.

»Na schön, jetzt wissen wir, wer er ist und daß er hierher kommt. Also hören wir gefälligst damit auf, ihn anzustarren wie ein Haufen Touristen.«

Aahz war wieder in seine vertraute Rolle des Anführers geschlüpft. Dennoch bemerkte ich, daß er genausosehr zögerte, sich vom Fenster loszureißen, wie wir alle.

»Alles hinsetzen und ganz natürlich benehmen. Skeeve, wenn er reinkommt, rede ich mit ihm, ist das klar?«

»Das funktioniert nicht, Aahz«, sagte ich und setzte mich auf einen Stuhl. »Er ist es gewohnt, mit mir direkt zu verhandeln. Wenn wir versuchen, einen Mittelsmann dazwischen zu schalten, wird er mißtrauisch werden. Aber setz dich zu mir an den Tisch hier, denn in dieser Sache werde ich deinen Rat brauchen.«

Als Don Bruce die Tür öffnete, saßen wir alle: Aahz und ich an einem Tisch, Massha und Gus sowie Chumly und Tanda jeweils an einem anderen. Mir fiel auf, daß etwa ein

Drittel des Raumes freigeblieben war, weil wir uns an nah beieinander stehende Tische gesetzt hatten, was möglicherweise etwas verdächtig wirken konnte. Außerdem bemerkte ich, daß wir uns instinktiv wieder in Zweiergruppen aufgeteilt hatten. Doch beides ließ sich nun nicht mehr ändern, dazu war es bereits zu spät.

»Hallo«, rief Don Bruce, der mich sofort entdeckt hatte. »Ein Glück, daß ich Sie gefunden habe. Der Bazar ist ja wirklich eine feine Sache, um herumzuschlendern, aber wenn man jemanden oder etwas sucht, ist er die reinste Hölle.«

»Sie haben nach mir gesucht?«

Das war nicht gerade die beste Nachricht des Tages. Trotz seiner affektierten Ausdrucksweise hegte ich einen gesunden Respekt für Don Bruce. Nachdem zu urteilen, was ich bisher so vom Syndikat mitbekommen hatte, war es ein ziemlich wilder Haufen, und ich dachte mir, daß niemand darin ein solch hohe Position einnehmen würde wie Don Bruce, wenn sich unter seiner weichen Schale nicht ein wirklich steinharter Kerl verbarg. Freundliche Begrüßung hin, freundliche Begrüßung her, ich spürte, wie die Krallen der nackten Furcht meinen Magen zu umklammern begannen.

»Das ist richtig. Ich *muß* Sie einfach sprechen, verstehen Sie? Ich dachte allerdings, daß das unter vier Augen geschehen könnte.«

Mit Don Bruce allein zu sein war im Augenblick das Letzte, was ich mir wünschte.

»Das ist schon in Ordnung«, sagte ich schleppend. »Das sind meine Freunde. Jedes Geschäft mit Ihrer ... Organisation betrifft uns alle ... ich meine, kann in ihrer Gegenwart besprochen werden.«

»Oh, na gut.«

Der Syndikatsboß ließ sich in einen Stuhl an meinem Tisch sinken.

»Ich wollte nicht unhöflich sein, und ich möchte Sie auch wirklich alle gerne kennenlernen. Es ist nur, daß wir zunächst ein paar sehr dringende Dinge besprechen müssen.«

»Schießen Sie los«, sagte ich und wünschte mir schon im selben Augenblick, daß ich einen etwas anderen Ausdruck benutzt hätte.

»Nun, Sie wissen ja, daß wir versuchen, uns hier zu etablieren, und Sie wissen auch, daß wir bisher nicht sehr erfolgreich gewesen sind ... nein, streiten Sie es nicht ab. Es stimmt einfach. Winkel-kat hat Sie in seinen Berichten oft erwähnt, deshalb weiß ich auch, wie gut Sie im Bilde sind.«

»Ich habe Winkel-kat in letzter Zeit nicht mehr gesehen, aber ich weiß, daß er sich bei dieser Sache große Mühe gegeben hat.«

»Das stimmt«, meldete sich auch Aahz zu Wort. »Nach allem, was Skeeve hier erzählt hat, ist Winkel-kat ein guter Mann. Wenn er die Sache nicht hinkriegt, dann können Sie genausogut einpacken und nach Hause gehen.«

»Ein Idiot ist er!« brüllte Don Bruce, und einen Augenblick lang konnten wir die Stahlfaust im Seidenhandschuh erkennen. »Der Grund, weshalb Sie ihn in letzter Zeit nicht gesehen haben, ist der, daß ich ihn von der Operation abgezogen habe. Er meinte nämlich auch, daß wir aufgeben sollten.«

»Dann geben Sie also nicht auf?« fragte ich verschreckt.

»Das kann ich nicht. Ach, wenn Sie wüßten, was ich im Rat alles durchgemacht habe! Ich habe dieses Projekt Tauf in den höchsten Tönen angepriesen und davon geschwärmt, was es dem Syndikat alles einbringen könnte. Wenn wir uns jetzt zurückziehen, wäre es dasselbe, als würde ich zugeben, nicht den blassensten Schimmer von unserem Geschäft zu haben. Nein, mein Herr! Nennen Sie es von mir aus Familienehre oder dummen Stolz, wir bleiben jedenfalls hier!«

Mir sank das Herz in die Hosentasche.

»Aber wenn die Operation doch nur Verluste einbringt ...«, begann ich zaghaft, doch er schnitt mir mit einer Geste das Wort ab.

»Das hat sie bisher getan ... aber das wird bald vorbei sein. Sehen Sie, ich habe nämlich rausbekommen, was hier schiefgelaufen ist.«

»Das haben Sie? Wie denn? Ich meine, das ist doch Ihr erster Besuch hier, seit das Projekt in Angriff genommen wurde.«

Ich begann ein wenig zu schwitzen. Don Bruce musterte mich mit einem öligen Reptilienlächeln, das mir überhaupt nicht gefiel.

»Ich habe es aus den Berichten herausgelesen«, erklärte er. »Es war so deutlich zu sehen wie die Nase in Ihrem Gesicht. Deshalb weiß ich auch, daß Winkel-kat ein Idiot ist. Das Problem hockte direkt vor seiner Nase, und er hat es nicht erkannt. Das Problem sind Sie.«

Mein Schweiß wurde eiskalt. Aus dem Augenwinkel sah ich, wie Tanda sich mit den Fingern durchs Haar strich und dabei einen ihrer versteckten Giftpfeile hervorholte, während Massha an ihren Ringen zu spielen begann. Chumly und Gus wechselten einen Blick und rückten ein wenig auf ihren Stühlen zurecht. Von unserer gesamten Mannschaft schien sich nur Aahz keinerlei Sorgen zu machen.

»Da müssen Sie sich schon ein bißchen deutlicher ausdrücken, damit wir anderen auch mitkommen«, meinte er gedehnt. »Wieso glauben Sie denn, daß Skeeve hier das Problem sein soll?«

»Gehen wir doch mal die Tatsachen durch«, forderte Don Bruce ihn auf und spreizte die Finger, um die Tatsachen daran abzuzählen.

»Er war die ganze Zeit dabei, als meine Jungs Ärger bekamen. Er kennt den Bazar besser als meine Jungs; er versteht genug von Magik, um mit Sachen klarzukommen, denen meine Jungs nicht gewachsen sind; und jetzt stelle ich sogar fest, daß er hier einen Haufen Freunde und Kontakte hat.«

»Na und?« fragte mein Ausbilder leise.

»Na und? Ist das nicht offensichtlich? Das Problem bei der Operation ist, daß er von Anfang an für uns hätte arbeiten müssen.«

Inzwischen hatte ich mich soweit erholt, daß ich bereit war meine Verteidigung in Angriff zu nehmen.

»Aber nur weil ich ... wie bitte?«

»Genau. Deshalb bin ich hier. Ich weiß ja, daß Sie früher schon gesagt haben, daß Sie nicht ausschließlich für das Syndikat arbeiten wollen. Deshalb will ich Ihnen ein neues Geschäft vorschlagen. Ich will, daß Sie die Operation des Syndikats hier im Bazar leiten ... und dafür bezahle ich auch Spitzen-Dollar-Preise.«

»Wieviel ist das in Gold?«

Aahz hatte sich vorgebeugt.

»Einen Augenblick mal! Moment! Stopp!« unterbrach ich. »Das kann doch unmöglich Ihr Ernst sein! Ich habe weder die Zeit noch das Knowhow, um daraus ein gewinnbringendes Unternehmen zu machen.«

»Es muß auch gar keinen Gewinn bringen«, wandte Don

Bruce ein. »Auf null zu kommen wäre schon ganz schön, aber es genügt sogar, wenn wir das Geld bloß etwas weniger schnell verlieren. Alles reicht aus, was den Rat dazu bringt, sich bei unseren Monatstreffen auf etwas anderes zu stürzen. Das könnten Sie bequem in Ihrer Freizeit erledigen.«

Ich wollte etwas sagen, doch Aahz legte mir wie beiläufig eine Hand auf die Schulter. Diese Warnung kannte ich. Wenn ich versuchen sollte, ihn zu unterbrechen oder zu berichtigen, würde sich sein Griff verstärken, bis mir die Knochen krachten.

»Mal sehen, ob ich das richtig verstanden habe«, sagte er und zeigte dabei sämtliche Zähne. »Sie wollen zwar, daß mein Mann hier Ihre Operation leitet, aber es ist Ihnen egal, wenn dabei kein Profit rausspringt?«

»Stimmt.«

»Natürlich müßten Sie angesichts der gegenwärtig etwas wackligen Lage sein Honorar garantieren können.«

Don Bruce schürzte die Lippen.

»Wieviel kostet er?«

»Eine Menge«, vertraute Aahz ihm an. »Aber weniger als die Gesamtkosten für das Personal, das Sie zur Zeit hier unterhalten.«

»Okay. Das ist er wert.«

»Aahz ...«, begann ich, doch der Griff auf meiner Schulter wurde kräftiger.

»... *und* es geht Ihnen weniger um den Ruf des Syndikats hier auf Tauf als vielmehr darum, wie der Rat mit Ihnen umspringt, stimmt das?«

»Hm ... ja, man kann es wohl so ausdrücken.«

»... so daß er völlig freie Hand hätte, die Operation so zu leiten, wie er es für richtig hält? Ohne daß ihm irgendwelches Personal aufgezwungen wird? Oder etwaige Handlungsrichtlinien?«

»Nein. Ich müßte ihm wenigstens zwei Leibwächter zuweisen. Jeder, der eine Operation des Syndikats leitet, muß mindestens zwei Jungs aus der Familie dabeihaben, damit ihm nichts passiert.«

Aahz' Gesicht verzog sich zu einer Grimasse.

»Aber er hat doch bereits ...«

»Wie wär's mit Guido und Nunzio?« brachte ich zwischen zusammengepreßten Zähnen hervor.

Sofort löste sich der Griff auf meiner Schulter.

»Diese Verlierertypen?« Don Bruce runzelte die Stirn. »Eigentlich wollte ich mir die beiden nach dieser Katastrophe einmal gründlich vornehmen, aber wenn Sie sie haben wollen, gehören Sie Ihnen.«

»... aber da *Sie* es sind, der auf ihrer Einstellung besteht, geht ihr Sold nicht von unserem Honorar ab. Ist das klar?« fragte Aahz mit fester Stimme.

Ich lehnte mich zurück und massierte verstohlen meine Schulter, während ich versuchte, die entsetzten Blicke zu ignorieren, die meine Freunde gerade miteinander austauschten. Ich wußte zwar nicht genau, worauf Aahz hinauswollte, aber ich war inzwischen zu besonnen, um mich ihm in den Weg zu stellen, wenn er erst einmal Geld gewittert hatte.

Ich konnte nur die Daumen drücken und hoffen, daß er auch wußte, was er da tat ... ausnahmsweise.

XXI

»Stayin' alive! Stayin' alive!«

V. Dracula

Die Vertreter der Bazarhändler sahen nicht sehr glücklich aus, aber das tun Täufler ja nie, wenn sie sich von Geld trennen müssen.

»Danke, meine Herren«, strahlte Aahz und rieb sich entzückt die Hände bei dem gewaltigen Haufen Gold, der auf dem Tisch lag.

»Seid ihr auch sicher, daß das Syndikat weg ist?« fragte der Sprecher und musterte mit bedauerndem Blick das ganze Gold.

»Ganz sicher. Wir haben ihr Schreckensregiment zerschlagen und sie verjagt.«

Der Täufler nickte.

»Gut. Da die Sache nun erledigt wäre, gehen wir jetzt wohl besser.«

»... natürlich«, meint Aahz gähnend, »gibt es keinerlei Garantie, daß sie nicht morgen wieder zurückkommen.«

Das ließ die Delegation wie angewurzelt stehenbleiben.

»Was? Aber ihr habt doch gesagt ...«

»Meine Herren, machen wir uns doch nichts vor. Im Augenblick ist das einzige, was zwischen dem Syndikat und dem Bazar steht, der Große Skeeve hier, und wenn er erst einmal wieder fortgeht ...«

Die Täufler sahen sich an.

»Du hast wohl nicht zufällig vor, zu bleiben?« fragte einer von ihnen hoffnungsvoll.

Ich gönnte ihm ein herablassendes Lächeln.

»Das würde ich gerne, aber ihr wißt ja selbst, wie das ist. Die Unkosten sind erheblich, und ich muß eben umherreisen, um meinen Lebensunterhalt zu bestreiten.«

»Aber bei deinem Ruf werden die Klienten doch von alleine zu dir kommen. Was du eigentlich brauchst, ist doch vielmehr ein ständiger Aufenthaltsort, damit man dich auch finden kann.«

»Das stimmt schon«, lächelte Aahz. »Aber um es einmal unverblümt zu sagen: Warum sollten wir euch umsonst geben, wofür andere Dimensionen gerne bezahlen würden? Ich meine, wenn es irgend jemanden gibt, der das versteht, dann doch wohl ihr Täufler.«

»Jetzt kommen wir der Sache schon näher«, seufzte der Hauptsprecher und zog einen Stuhl heran. »Also gut. Wieviel?«

»Wieviel?« wiederholte Aahz.

»Fang bloß nicht mit so was an!« fauchte der Täufler. »Eine Unschuldsmiene bei einem Perversen, das sieht ziemlich lächerlich aus. Sag uns lediglich, wie hoch das Pauschalhonorar sein muß, damit der Große Skeeve als fest ansässiger Magiker im Bazar bleibt.«

Aahz zwinkerte mir zu.

»Ich bin sicher, daß ihr seine Honorarforderung für vernünftig halten werdet«, antwortete er. »Na ja, vernünftig, wenn man bedenkt, was ihr als Gegenleistung für euer Geld erhaltet. Natürlich bezieht sich die Summe, an die ich denke, nur darauf, daß er den Bazar zur Heimatbasis seiner Operationen macht. Sollten irgendwelche besonderen

Schwierigkeiten auftreten, müßten wir das jeweilige Honorar separat aushandeln.«

»Natürlich«, stimmte der Täufler mit schmerzverzerrtem Gesicht zu.

Ich lehnte mich zurück, um den Lauf der Dinge geduldig zu verfolgen. Es würde eine Weile dauern, aber ich war sehr zuversichtlich, was das Endergebnis betraf. Ich wußte aber auch, daß, egal, an welche Summe Aahz zuerst gedacht haben mochte, diese sich im selben Augenblick verdoppelt hatte, als der Täufler seinen »Perverser«-Witz gerissen hatte. Als Perfekter reagiert Aahz sehr empfindlich darauf, wie man ihn anredet ... und diesmal würde ich ihm bestimmt nicht widersprechen.

»Das liebe ich!« krähte Aahz. »Jetzt bekommen wir nicht nur ein festes Gehalt sowohl vom Syndikat als auch von den Täuflern, wir brauchen sogar nicht mal einen Handschlag dafür zu tun! Das ist ja noch besser als die Regelung, die wir in Possiltum hatten.«

»Ein tolles Geschäft, Aahz.«

»Und wie findest du diesen Schuppen hier? Das ist ja wohl etwas ganz anderes als die Bruchbude, die Garkin und du ›Zuhause‹ genannt habt, als wir uns zum ersten Mal begegnet sind.«

Aahz und ich waren damit beschäftigt, unser neues Heim zu begutachten, das uns im Rahmen einer Sonderklausel von den Bazarhändlern zur Verfügung gestellt worden war. Es war riesig, verglichen mit dem königlichen Palast zu Possiltum. Das Interessante daran war, daß es von außen nicht größer aussah als ein ganz normaler Bazarladen.

»Natürlich war es auch ein Geniestreich, einen lebenslangen Rabatt auf sämtliche Bazarwaren herauszuschlagen, auch wenn ich mich jetzt selbst dafür lobe.«

»Ja, Aahz. Ein Geniestreich.«

Mein Ausbilder unterbrach sein Glucksen und die Lobeshymnen auf sich selbst und blickte mich fragend an.

»Ist irgendwas, Skeeve? Du wirkst ein bißchen bedrückt.«

»Ach, eigentlich ist nichts.«

»Komm schon, raus damit!« drängte er. »Du solltest eigentlich himmelhoch jauchzen, anstatt eine Flappe zu ziehen, als hättest du gerade erfahren, daß dein Drache sich irgendeine tödliche Krankheit zugezogen hat oder so.«

»Na ja, da sind schon ein paar Sachen«, gab ich unwillig zu. »Erstens habe ich ein schlechtes Gefühl bei den Abmachungen, die du da gerade für uns ausgehandelt hast.«

»Also einen Moment mal!« knurrte mein Mentor. »Wir haben die ganze Sache vorher besprochen, bevor wir mit den Händlern verhandeln haben, und du hast gesagt, daß es dir nichts-ausmacht, wenn wir ein bißchen bescheißen.«

»Tut es auch nicht. Im Gegenteil, ich bin sogar froh, daß sowohl das Syndikat als auch die Täufler zur Abwechslung mal mit ihren eigenen Waffen geschlagen wurden.«

»Was ist denn dann daran verkehrt? Ich habe dir doch alles besorgt, was du dir nur wünschen konntest.«

»Genau das ist auch verkehrt daran.«

Mein Ausbilder schüttelte heftig den Kopf, wie um seinen Blick zu klären.

»Ich muß zugeben, daß diesmal *ich* es bin, der *dir* nicht folgen kann. Könntest du das vielleicht mal ganz langsam wiederholen?«

»Komm schon, Aahz! Du weißt genau, wovon ich spreche. Du hast mir zu mehr Geld verholfen, als ich jemals in meinem ganzen Leben ausgeben kann, zu einem schönen Haus ... und nicht etwa irgendwo, nein, sogar im Bazar ... zu regelmäßiger Arbeit, wann immer ich welche haben will ... kurzum, zu allem, was ich nicht nur zum Überleben brauche, sondern um zu Wohlstand zu gelangen. Alles.«

»Na und?«

»Na und? Hast du das vielleicht alles nur getan, damit du wieder weggehen kannst? Ist das der Grund?«

Ich hatte insgeheim gehofft, daß Aahz mich nun auslachen und mir sagen würde, daß ich närrisch sei. Statt dessen wandte er jedoch den Blick ab und schwieg.

»Ich habe daran gedacht«, sagte er schließlich. »In letzter Zeit hast du dich ganz wacker geschlagen, und diese jüngste Abmachung sorgt dafür, wie du schon selbst bemerkt hast, daß du nicht verhungern mußt. Die Wahrheit sieht nämlich so aus, daß du mich gar nicht mehr brauchst.«

»Aber Aahz!«

»Fang bloß nicht mit ›aber Aahz‹ an! Ich wiederhole nur, was du mir zu Beginn dieses Abenteuers an den Kopf geworfen hast. Du brauchst mich nicht. Ich habe lange darüber nachgedacht, und ich muß sagen, du hast recht. Ich dachte, du wolltest immer, daß ich das auch mal selbst ausspreche.«

»Vielleicht habe ich aber nicht gerne recht«, sagte ich flehend. »Vielleicht habe ich mir ja gewünscht, daß ich dich *doch* viel mehr brauche und daß alles noch viel länger so weiter läuft wie bisher!«

»Das ist der Preis des Erwachsenwerdens, Kind«, seufzte Aahz. »Dann muß man sich der Wirklichkeit stellen, ob es einem nun paßt oder nicht. Du hast es getan, und ich meine, es wird Zeit, daß ich es auch tue. Deshalb werde ich auch bleiben.«

»Aber du brauchst doch überhaupt nicht ... was?«

Das Gesicht meines Ausbilders verzog sich zu einem seiner breiten Grinsen.

»In diesem Fall sieht die Wirklichkeit, der ich mich gestellt habe, so aus, daß ich, seit ich dich als Lehrling angenommen habe, mehr Spaß gehabt habe als vorher in Jahrhunderten. Ich weiß ja nicht so recht, was dir als nächstes widerfahren wird, aber ich möchte es nicht um alles Gold auf Tauf verpassen, dabei zu sein.«

»Das ist ja großartig!«

»... Natürlich kann ich dir immer noch eine Menge beibringen, so wie ich auch von dir noch eine Menge lernen kann.«

»Von mir?«

Ich blinzelte verständnislos.

»Hm, ja. Ich lerne schon eine ganze Weile von dir, Junge. Ich habe mich bisher bloß nicht getraut, es zuzugeben. Du hast eine Art, mit Leuten umzugehen, die dir Respekt einbringt, selbst bei solchen, die dich nicht mögen. Das ist mir nicht immer gelungen. Viele Leute haben Angst vor mir, aber nicht jeder respektiert mich. Deshalb habe ich deine Methoden studiert, und deshalb habe ich auch vor, es weiterhin zu tun.«

»Das ist ja ... hm ... interessant, Aahz. Aber warum erzählst du mir das ausgerechnet jetzt?«

»Weil ich nur unter einer Bedingung hierbleiben werde: daß du aufwachst und die Tatsache akzeptierst, daß du in unserer Beziehung ein gleichwertiger Partner bist. Kein Gefasel mehr über einen Lehrlingsstatus, oder so. Das geht mir zu sehr auf die Nerven.«

»Hm, klar, Aahz ... ich ...«

»Abgemacht?«

»Abgemacht!«

Feierlich reichten wir uns die Hände und ich erinnerte mich daran, daß er mir diese schlichte Geste damals verweigert hatte, als er mich zum Lehrling nahm. Ein gleichberechtigter Partner!

Juchhe!

»Also, was war die zweite Sache?«

»Hm, wie bitte?«

»Wenn ich mich recht erinnere, hast du gesagt, daß dich ein paar Dinge stören. Was denn noch?«

»Na ja ... dieses Haus.«

»Was ist denn an diesem Haus verkehrt?« explodierte Aahz, der wieder behende in seine alten Verhaltensmuster geschlüpft war. »Es ist genug Platz da für uns *und* unsere Freunde *und* deine Leibwächter *und* für Butterblume *und* für Gliep und überhaupt für jeden, der hier vorbeikommen sollte.«

»Das ist wahr.«

»Darüber hinaus haben wir es umsonst bekommen. Das war ein gutes Geschäft.«

»Sag das noch mal, Aahz.«

»Ich sagte: Das war ein gutes ... oh!«

»Mit den Täuflern, nicht wahr?«

»Ach, komm schon, Skeeve! Es ist doch bloß ein Haus. Was sollte denn daran faul sein?«

»Um deinen eigenen Ausdruck zu gebrauchen: ›Der Verstand gerät ins Wanken.‹ Ich habe versucht, den Haken herauszufinden, und ich möchte, daß du mich anhörst und überprüfst, ob ich alles richtig und logisch beisammen habe.«

»Na schön.«

»Also. Täufler sind Experten des Dimensionsreisens. Wenn ich die Sache richtig verstehe, dann bringen sie diese Häuser, die innen größer sind als außen, dadurch zustande, daß sie die Dimensionen ein kleines bißchen verschieben. Das heißt, wenn wir die Dimensionen einmal numerieren würden und Tauf die Nummer eins bekäme, dann wäre unsere Tür in Dimension eins und der Rest des Hauses in Dimension eins komma vier oder so ähnlich.«

»Hm, *darüber* habe ich wirklich noch nicht nachgedacht«, gestand Aahz. »Die Täufler sind ziemlich mundfaul, was diese Sache angeht. Aber es leuchtet durchaus ein, ja. Es wäre ein ziemlich hartes Spiel, nach außenhin den von Armut gestraften Ladenbesitzer zu mimen, wenn man gleich hinter sich einen solchen Bau hat. Wenn ich daran gedacht hätte, wäre mir auch klar geworden, daß ein Täufler ja auch einen geheimen Ort braucht, um seinen Reichtum zu verstecken.«

»Man hat uns also im Prinzip eine eigene Dimension gegeben«, fuhr ich fort. »Eine unregistrierte Dimension ganz für uns allein. Und das sogar völlig umsonst.«

»Das ist richtig«, nickte Aahz, aber nun hatte seine Stimme einen zweifelnden Unterton.

»Was ich mich nun frage, ist, zu wievielen dieser abgetrennten Dimensionen die Täufler Zutritt haben und warum ausgerechnet diese hier leersteht. Was gibt es in dieser Dimension?«

»Unser Haus?« fragte mein Ausbilder probehalber.

»Und was noch?« drängte ich. »Mir ist aufgefallen, daß es keine Fenster hat. Was liegt hinter unserer Hintertür, daß die Täufler es so bereitwillig herausgerückt haben?«

»Hintertür?«

Ich zog den Wandteppich beiseite, um die Tür zu enthüllen, die mir bei unserem ersten Inspektionsgang aufgefallen war. Sie war aus schwerem Holz und mit seltsamen Symbolen bemalt. Außerdem war sie mit massiven Holzbohlen versperrt, sowie mit mehreren kleineren, aber nicht minder wirkungsvoll aussehenden Schlössern versehen.

»Ich wollte es ja die ganze Zeit erwähnen, aber du hast immer nur gemeint, ich soll die Klappe halten.«

»Das hab ich wirklich, nicht wahr?«

Wir starrten die Tür mehrere Minuten schweigend an.

»Ich will dir was sagen«, meinte Aahz leise. »Heben wir uns die Untersuchung für einen anderen Tag auf ...«

»Einverstanden«, stimmte ich ohne Zögern zu.

»... und bevor wir sie durchgeführt haben, wollen wir sie auch den anderen gegenüber nicht erwähnen ...«

»Ganz in meinem Sinne.«

»... ach, und ... Partner?«

»Ja, Aahz?«

»Wenn jemand an diese Tür klopfen sollte, dann geh nicht dran, bis ich bei dir bin.«

Unsere Blicke trafen sich, und ich ließ den Wandteppich wieder an seinen Platz zurückfallen.

ENDE